# 時光追憶

邹宏国◎著

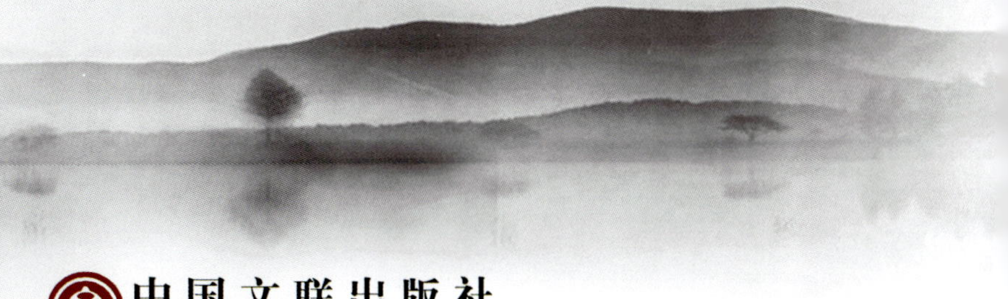

中国文联出版社
http://www.clapnet.cn

图书在版编目（CIP）数据

时光浪花 / 邹宏国著. -- 北京 : 中国文联出版社,
2020.8
ISBN 978-7-5190-4321-6

Ⅰ. ①时… Ⅱ. ①邹… Ⅲ. ①诗词－作品集－中国－
当代②对联－作品集－中国－当代 Ⅳ. ①I217.2

中国版本图书馆CIP数据核字(2020)第136986号

## 时光浪花

作　　者：邹宏国

终 审 人：闫　翔　　复 审 人：郭　锋
责任编辑：刘　旭　　责任校对：田宝维
封面设计：杨恩允　　责任印制：陈　晨

出版发行：中国文联出版社
地　　址：北京市朝阳区农展馆南里10号，100125
电　　话：010-85923043（咨询）85923000（编务）85923020（邮购）
传　　真：010-85923000（总编室），010-85923020（发行部）
网　　址：http://www.clapnet.cn　　http://www.claplus.cn
E - mail：clap@clapnet.cn　　liux@clapnet.cn

印　　刷：云南金伦云印实业股份有限公司
装　　订：云南金伦云印实业股份有限公司
本书如有破损、缺页、装订错误，请与本社联系调换

开　　本：787×1092　　1/16
字　　数：70千字　　印　　张：17.5
版　　次：2020年8月第1版　　印　　次：2020年8月第1次印刷
书　　号：ISBN 978-7-5190-4321-6
定　　价：78.00元

## 邹宏国 Zou Hongguo

笔名博雅蕴新，1956年生，汉族，云南大理州祥云县刘厂村人。云南师范大学数学系本科毕业，中共党员。1975年参加工作，祥云县教育体育局退休高级讲师。曾在刘厂小学、前所附中、祥城镇初级中学任教；1990年起，先后任祥云县委党校讲师、祥云县教师进修学校、祥云县教育局数学高级讲师、教研员。现为祥云县作家协会会员、县棋协副主席兼秘书长、《都市头条·京津沪》执行主任、编辑，中国云天文学社湖南分社总编审。

曾到中央党校、中共云南省委党校学习。1999年被授予第二届全国“五好文明家庭”。曾任《祥云县志·教育篇》编撰成员、《家在祥云》地方课程编委会撰写成员；《刘厂邹氏族谱》副主编；米甸三家《张氏族谱》编写成员；祥云一中75高12班同学聚会《岁月如歌》主编。参加工作41年来，多次受到国家、省州县相关部门表彰奖励。1999年被授予第二届全国“五号文明家庭”。

爱好旅游棋艺摄影和诗歌，作品有古风体、律绝、排律、词、曲、赋、现代新诗、叙事诗和抒情诗，400多首发表在《都市头条》，部分律绝古风成精品被平台翻译成日文传播，有的被推荐在中国共产党“实事求是学习网”“中国慈善书画院网”“百度网”和“中国云天文学社湖南分社”的专辑上发布，其它散见于有关报刊杂志。

浪花飞溅咏心潮

# 双语元曲 正官 · 甘草子 · 书剑

## ——为文友博雅蕴新(邹宏国)新书题

**尹玉峰**

| | |
|---|---|
| 终将把、 | いつかは、 |
| 世上浮华， | 世の中を派手にして、 |
| 冷落在阑干下。 | 冷遇しています。 |
| 望水清， | 水が澄んでいるのを見て、 |
| 听风飒， | 風が吹くのを聞いて、 |
| 仰山峭， | 山を仰いで切り立って、 |
| 看红花。 | 紅花を見ます。 |
| 数鸟儿翩飞心潇洒， | 鳥を数えて軽やかに心を飛びます。 |
| 开喉歌书剑吧， | 喉の歌の本剣をつけましょう。 |
| 武盛文昌赏骏马， | 武盛文昌は駿馬を賞して、 |
| 万里踏平沙。 | 万里のところは平砂を踏みます。 |

【诗人简介】尹玉峰，沈阳市生人，现居北京。北京开放大学影视艺术学院客座教授、广西柳师客座教授。自2003年相继任职《中国商界焦点》《三希堂石渠宝笈集萃》(中国文史出版社)《艺术与收藏》享誉海内外的名刊杂志主编，中国艺术馆首席策展人。现任都市头条编辑委员会主任、京港澳台世界头条总编辑、世界文学艺苑总编辑、世界诗会瑞典总社总编辑、海外凤凰诗译诗社总编辑、NZ国学诗词艺术协会荣誉总编辑、海外凤凰诗社荣誉顾问、云天文学总社澳洲分社荣誉顾问。

七彩波川海天长

# 引言

雪兆丰年万物新

## 一

时空乡愁小云南，
光阴韵叹大河山。
浪咏情丝声甜美，
花吟芬芳荡馨香。
蕴藏古今中外事，
新吐春夏秋冬芳。
博览长江南北水，
雅爱波川鱼米乡。

## 二

品赏诗原汁味有灵性菜根香初衷希望。
能理解得关爱达心愿觅挚友知音难盼。
好建议曾思量甜梦境常心叹难解惆怅。
无名士写心意咏生活苦琢磨心中愧惭。
抒豪情畅梦想人生路倍艰辛何现星光?
瞻前景览篇章添乡愁谢亲友情思高尚。
中华兴彩云飞河山美波川秀云集千祥。
研历史探古今砭时弊扬正气苦寻芬芳。

龙腾虎跃波川坝

# 序 言

李 宣

在家乡祥云生活工作几十年，结识了一些才情才华出众、值得人们称赞的朋友，给我留下深刻印象的就是邹宏国先生。

作者 1956 年出生于祥云县刘官厂村“从小读书学祖上，书香门第多贤良”的书香之家，其历代宗亲均有着厚重的血脉传承、良好的家风薰陶，加之其后天的勤奋进取、积淀整理了几十年所见所闻的散落珍珠，敏行善思、积极创作，养成了尔后的文采飞扬的作者。其在“处世以真是根本，做事惟勤如老牛”的多岗历练中，不仅在中小学、县委党校、县教师进修学校、县教研室和师训办等履职岗位上创新工作，桃芳李艳，而且在参与祥云县地方史志读本《祥云县志•教育篇》《祥云县教育系统“文革十年”党史综述》《家在祥云》的编纂中，工作精细、善于研究，硕果馨香。特别令人钦佩的是，在多年的繁杂的公务家务之余，敏行善辩、勤于笔耕，触景生情、感怀世事，乐用心思、“诗意双美催奋进，韵律自如响清音”，撰写出花芳璀璨富有哲理的诗词歌赋，硕果飘香。作者并非专业作家，其在学业上取得的不凡成果，在众多人眼中赢得声誉，获得了多项名实相符、令人瞩目的荣誉，较好地实现了做人、做事和做学问的良好结合。

拜读先生“时空乡愁”“光阴韵叹”“浪咏情丝”“花吟芬芳”沉甸甸的作品，感慨良多。令我感受至深的是以下的几个方面。

热爱生活才思泉涌。作者既是相关社会生活的参与者，又是感悟世事的有心人。置身社会生活，执业做事、待人处事、游览山水

田园、参与师友欢聚、感怀难忘往昔、透视今天……，作者勤于思考，凭着敏锐的眼光、扎实的学养、飞扬的哲思谱写出一篇篇“花红柳绿遍地香，文采飞扬蕴芬芳”的作品。作品在叙事状物的同时，揭示出特定事物的“正能量”使之产生应有的社会效应。品读宏国先生的作品，在享受人生美好的同时，顺理成章地领悟到较有裨益的人生志趣，对深入思考相关问题有着很好的启迪作用。古今中外一些有进步意义的人文、景观和事物，作品中均有涉足，看后使人警醒，催人奋进。

文辞朴实颇见功力。作品集结的诗词歌赋，仅是作者众多作品中的一部分。作为数学本科专业的宏国先生，在“工作家务”之余写就的并非专攻的有文采特色的作品，均既能将某一事物的“场景特征”叙述得条理分明，又能揭示出相关的内在联系，并在颇具难度的用“韵律”将“事理”有机结合的表达上水到渠成，使“韵律”合乎章法，有诗意韵味，顺其自然地实现两者的“合谐”，避免了那种无病呻吟堆砌词藻牵强附会的毛病。行云流水浑然天成，蕴涵哲理启人心智，难能可贵。

人格情操跃然纸上。热情讴歌真善美，鞭笞抨击假丑恶。借助人文景观事物表达自己的思想，是作品的又一特色。面对现实生活中难以避免的种种“不如意”，作者总是以“雪雨风霜皆笑对，岁月蹉跎乐无穷”“经风沐雨终不悔，羽秃体伤总甘甜”的旷达胸怀坦然面对，不受“阴晴圆缺”的羁绊，不做“逆境顺境”的弱者，而是做好该做的事。在“大是大非”面前有着正确的价值观取向。面对纷繁复杂的社会和丰富多彩的人生，以其特有的感知力观察社会，分析事物，明辨是非，表达抒发着自己的思想情感。从“世界观人生观价值观”的角度看，其积极向上不言而喻。对读者陶冶情操、奋发进取和积极向上有着现实意义。读后使人更加热爱生活，以积极的态度不断走向美好的未来。

和美家风尤为高尚。本书作品的一部分抒写了作者的“家族和谐”“家风良好”。众所周知，家庭对人生事业的发展尤为重要。从

平时的接触交往和作品的字里行间不难看出，其既与“祖德宗功留芳远，子孝孙贤衍庆长”的邹氏家族血脉相连，又与自己置身的“和美小家庭”息息相关。“大家庭”和“小家庭”均格外令人羡慕。其事业有成与其家道昌盛、夫妻恩爱、互相勉励的相辅相成，是分不开的重要因素。先生的“另一半”张丽英女士是祥云县乃至大理州屈指可数的杰出女性。曾在祥云多岗位担任领导职务，均做出令人瞩目的骄人实绩；除不同凡响的事业外，其文采口才、记性品格、担当精神均为人们所赞赏。和谐的家庭成就了作者。“岁月如歌日日新”就是其真实写照。作为家乡人，邹张联袂健康发展确实令人敬佩。

由于时间、篇幅所限，尚有诸多“读后感悟”未能如愿表达。作为初涉“诗赋”的我，无疑是一次继续学习的机会。

当然，作者在创作作品的过程中，由于时间、精力所限，“美中不足”在所难免，如某些诗句字词还欠“深加工”，尚有“推敲”之必要，见仁见智在所难免。

然而，纵览全书，不难看出，该书是一本有特色、有见地的好书，是启发心智的良师益友，值得一读。

(李宣先生　行政管理学副教授　中共大理州委党校原常务副校长、党委书记)

二〇一八年十月二十六日于下关

# 贺宏国先生

## 《时光浪花》集印行

**张如旺**

古道热肠赤心真，
贤文增广写韵篇。
邹氏远追战国齐，
忌无谏言当时贤。
今有后昆发其祥，
俊才名播彩云间。
宏创桃李园丁业，
国恩酬报著芳芬。
时不可待惜晚景，
光阴珍贵每一天。
浪卷波涌人生船，
花经风雨枝杆坚。
春暖夏酷冬凛列，
华赞美誉视等闲。
秋溢清香七彩路，
实无所愧对乾坤。
丽质无华崇璞德，
彩铺正道阳光艳。
英杰数风流人物，
姿展身段龙凤腾。
续承文脉代相传，
往继祖德宗风显。
开合进取凌云志，
来展鸿图振家声。

（张如旺先生 大理州人大常委会原副主任）

二〇一六年一月十九日于下关

# 致宏国宗贤

**邹远新**

寒窗苦读刘官厂村，
金榜题名云南师范。
为人师表前所附中，
良师益友祥云党校。
破万卷书行万里路，
交四方友成就理想。
德才双馨妙笔生花，
宏作面世众人赞扬！

（邹远新先生，博士，畅销书《超级职场经济学》作者，四川华星钰泉股份公司董事长）

二〇一八年十一月一日于成都

祥云瑞城瑞云翔

目录
Contents

## 贰 光阴韵叹 067

## 浪咏情丝 119

苍洱碧蓝千古秀

# 壹 时空乡愁

Shikong Xiangchou

彩雲古今悠
英才壯志酬
红軍長征路
精神萬古流
霞染滿山林
光耀遍神州
深情戀故土
明月照春秋

时光流淌不复回

# 红军长征过祥云①

## （三首）

### 一

红军长征过彩乡，人民欢欣盼解放。
八十年前红军过，宣传播种著华章。
贺龙弼时关向应，萧克王震军团长。
祥云人民苦苦等，守望红军到山乡。
楚场草哨人头关，敌寇匪盗逞凶狂。
红军英勇战恶寇，一路高歌敌胆寒。
四月十八暗埋伏，围城攻坚突袭战。
十九拂晓克县城，除霸惩恶威力强。

### 二

祥城北街将军第，指挥驻地声远扬。
县城南门槐花树，王光业家驻军团。
西街回族清真寺，红军尊俗安一方。
祥城小学受重视，护校爱生捐谷粮。
祥云一中写题词，为国育才墨宝香。
叔祖父德守县城，参加红军随北上。
祥云从军近千人，雪山草地爬越难。
披肝沥胆参两战，抛头洒血倍荣光。

### 三

祥云骄子浩气荡，拳拳红心献给党。
桂林天禄罗光忠，洪锡中海刘福汉。
枪林弹雨拼生死，骁勇善战斗存亡。
英雄业绩载史册，彩云儿女铸辉煌。

三大纪律万民喜，八项注意百姓欢。
坚定理想立大志，艰苦奋斗愿担当。
一往无前何所惧，不怕牺牲冲前方。
红色文化励后人，长征精神永流芳。

注

① 2016年4月18日，是红军长征过祥云80周年纪念日，为纪念红军给祥云带来光明和幸福，遂写感怀。

## 巨龙腾飞①

中华航母如巨龙，乘风破浪总向东。
惊涛拍岸无所惧，暗流涌天展鲲鹏。

注

① 2016年10月8日，参加祥云老干一支部欢度“九九”敬老节暨“两学一做”学习交流座谈会有感。

# 祥云赋[1]

古郡祥云，秀美之乡。历史悠久，文化灿烂。
云南之源，滇西要塞。洱海遗韵，光彩异放。
卫城古楼，览胜奇观。卧龙捧印，紫气腾翔。[2]
辉联东壁，瑞启西垣。恩承北阙，彩焕南云。
东接威州，西枕洱苍。北贯玉龙，南通澜江。
翘首天空，遥观河山。绚烂多彩，美丽雄壮。
千秋文脉，后世承传。放眼古今，极目世界。
俊杰贤良，名留郡邦。秀甲云滇，风流豪放。
骚人墨客，诗画流丹。人杰地灵，源远流长。
清华古洞，摩崖石刻。石器文化，万年题章。
白国故都，清明德善。铜棺辉耀，凸显兴旺。
水目胜境，千年古刹。舍利惊现，众生敬往。
云驿古道，骏马腾骧。旷代犹存，马帮铃响。
丝绸之路，千秋通畅。物品交流，祥云风霜。
九鼎云峰，幻化千祥。山高云漫，七彩斑斓。
天峰毓秀，前狮后象。君殿屹立，珠分两江。[3]
石龙腾飞，天华道观。旷世佳境，秀景奇山。
青海月痕，明珠清亮。西游经坡，古典印象。
万花溪谷，水波荡漾。曲径通幽，潺潺流淌。
洱海卫人，通情达观。明理尚德，奋发图强。
红色革命，烈火飞扬。激荡风雷，华采乐章。
彩云骄子，复生德三。北京求学，追求向上。
忧国忧民，正义呐喊。奋斗理想，志坚如钢。
王氏三杰，华夏骄阳。血溅长天，千秋敬仰。
刚直不阿，正气睿光。英杰伟绩，万代流芳。

历史长河，沧海田桑。蕴育繁衍，懿德懿范。
藏龙卧虎，秀水灵山。风流人物，更看今祥。
追求文明，创造辉煌。继往开来，薪火相传。
民族团结，旗帜高扬。开拓奋进，改造河山。
城乡新貌，跨越发展。日新月异，蓬勃隆昌。
撤县设市，万众向往。精诚和谐，进展顺畅。
祥云腾绕，蒸蒸日上。业绩卓著，捷报频传。
旱坝逢春，党政实干。锐意进取，虎跃龙翔。
八方财富，聚汇山乡。经济腾飞，百业兴旺。
奋斗数载，民富国安。风雨兼程，淡云天香。
万千云霞，装点江山。流风遗韵，美景春光。
古郡云君，云脉绵长。同行风采，共创辉煌。

故都虎山贯武气，白国龙水蕴文章。
七彩民族展风韵，九色祥云普天光。

古道织彩云，青海映碧蓝。
飞龙冲苍穹，骏马腾远方。



注

① 2014年喜逢国庆，浮想联翩，特作此赋。

②“联辉东壁，瑞启西垣，恩承北阙，彩焕南云”分别是祥云县钟鼓楼四门横额匾联。

③ 天峰山老君殿，殿顶前厦之水流入龙马箐——中河——一泡江——金沙江——长江，最后归入东海太平洋；而后厦之水流入纸房河——冯家河——鹿鸣河——经弥渡——南涧——礼社河——元江，再经越南——流入北部湾——南海——太平洋，真是奇迹——殊途同归太平洋。

# 祥云赞[①]

## （十三首）

**一**

诸葛寨山扎营盘，滇西咽喉龙溪关。
辉宏琼楼冲天起，富美山乡焕云南。
茫茫玉龙腾丽水[②]，滚滚澜江奔太洋[③]。
浩浩苍洱荡风云，悠悠威楚蕴奇观。[④]

**二**

古郡雄风犹震撼，洱海卫城冠云川。
金印把子傲苍穹，钟楼玉宇立中央。
辉联东壁彩云现，瑞启西垣恩呈祥。
骚人墨客诗画艳，王侯将相功业光。

**三**

云南驿道马蹄响，英姿犹在骏腾骧。
丝绸之路经济带，物品交流古今廊。
尤有外雄莫中卫，驼峰航线躯捐祥。
千秋文脉通世界，万代瑰宝载史馆。

**四**

白国故都蕴波川，铜棺文化中外扬。
文源虎山贯武气，勃弄龙水化文章。
将军摇篮刘厂镇，桂林朝龙朱上将。
先辈贤良层层出，后生俊秀代代强。

## 五

工农红军驾云翔，贺龙将军慰民欢。
播撒火种闹革命，引众健儿随北上。
边纵建起八支队，滇西烽火七彩扬。
鉴洲兆三担重任，艰苦转战迎曙光。

## 六

王氏英杰浩气荡，志坚如钢情激昂。
追求真理钟灵远，继往开来薪火传。
史海悠悠绽云霞，江河滔滔涌星光。
英雄业绩千秋仰，豪杰美誉万古芳。

## 七

清华古洞碟天藏，石器文化蕴悠长。
水目胜境佛光照，舍利惊天众生欢。
九鼎云峰紫气腾，八方美景彩霞灿。
天峰毓秀狮象景，君山屹立珠汇洋。

## 八

石龙腾飞天华山，神奇妙境仙踪场。
青海湖月明澈亮，西游经坡古典象。
万花溪流叮咚响，官村水库碧波荡。
川甸衍衍能源地。匡州处处闪金光。

## 九

城区开发拔节长，日新月异兴隆昌。
撤县建市步伐快，改天换地进展畅。
祥云发展蒸蒸上，经济腾飞勃勃番。
旱坝喜雨全民干，绿洲逢春万众欢。

## 十

引洱入宾济彩乡，书写水利新篇章。
调取米甸清河水，浇灌祥云富美靓。
妙手打造众心湖，雄心促进百业旺。[5]
滇中引水过祥云，每年增水千万方。[6]

## 十一

党政重视教育上，千家万户追梦香。
百花园中蓓蕾放，中小学校彩旗扬。
名师名校星星起，教育教学招招强。
探索教改新模式，挖掘潜能促发展。

## 十二

顽强铁肩敢担当，勤快巧手绘乐章。
锐意进取追卓越，承先启后赶图强。
七彩云南展风韵，九色祥云腾墨畅。
传承文脉与时进，安居乐业劲正酣。

## 十三

负重自强新路闯，不甘落后冲前方。
生态优美民幸福，政务顺畅家安康。
八方聚财彩云南，万众齐歌共产党。
古郡云君血脉长，同展风采创辉煌。

① 人生如涛波，心中爱祖国。江河永奔腾，祥云是首歌。2014年6月10日写于祥城。北眺玉龙，南观澜江，西瞻苍洱，东望威楚。

② 玉龙指玉龙雪山；丽水，指丽江。

③ “澜江”指澜沧江；“太洋”，指太平洋。

④“威楚”，指楚雄；奇观，指楚雄的元谋人化石，古生物化石，元谋土林，石羊白盐井。

⑤“众心湖”，特指祥云青海湖。

⑥ 滇中引水过祥云，8年通水，10年建成，2024年通水时，祥云每年可增水8000万方，约4祥云个青海湖的容水量。

诸葛寨山：位于祥云县城西北，地处要冲。东面是宽阔的坝子和青海湖水，南面有水目胜境和新石器时代的清华古洞，西面乃奔腾不息的万花溪水和九鼎云峰，北面为红土高坡和野猫山谷。相传三国时期，公元225年，诸葛亮应南征抚西南少数民族首领孟获，曾路经此地。其林木茂盛，地势险要，东南西北异峰突起，峰溪洞湖坝环山拱卫，是一块绝佳境地。遂令三军在此扎寨歇息，诸葛寨山由此而得名。三国时代，永昌郡东部的叶榆（今大理市）县、邪龙（今巍山县）县、云南县等县份与建宁郡（今曲靖地区）的一部分被划出设为云南郡。

念祖愁乡刘官厂

# 美丽白州六十年①

苍洱大地发生地覆天翻超越巨变，
白州儿女走过波澜壮阔历史征程。
耕耘求卓越，图强锦绣添，勇往直前；
天地一甲子，奋斗共欢庆，五谷丰登！

豪情满怀同绘繁荣昌盛瑰丽长卷，
团结携手跨越伟大时代发展变迁。
隆重举行建州六十华诞辉煌庆典，
举州共享硕果累累七彩缤纷盛宴。

东方日内瓦，五洲宾朋来，留恋桃源；
苍山献美酒，洱海展笑颜，歌舞翩跹；
风柔暖暖吹，花奇馨香远，鱼翔鸥腾；
雪白瑞河山，月明照古今，诗话田园。

文献名邦城，大气明理天，英才源源，
钟灵毓秀地，德化和谐人，再绣新篇！

注

① 勤劳的白族儿女世代耕耘在这片热土上，祝愿白州人民前程似锦，更加繁荣昌盛。2016年11月23日。本诗仿国外最流行的十四行，每行十四字。

# 回首与展望[1]

带不走留不下，美好时光。
说不尽道不完，独秀芬芳！

茶香四溢荡气回肠，
酒馨千里醉美故乡。

小草青青绿，雨露常滋养。
青霜见严寒，又遇暖春光。

炎蒸遍地香，秋风愁叶荡。
寒蝉先知了，小鸟欢歌唱。

满眼百花园，千枝万草新奇样。
老树喜返青，红梅樱花竞绽放。

银燕翻飞相戏欢，
三五成群娱天光。

啁啾从前，向往东方，衔泥筑房。
心愿齐飞，亲爱自然，放声欢唱。

高山峡谷飞，溪流涧边翔。
天蓝青湖美，和谐彩云南。

① 2017年元旦。

# 彩云正飞扬①

## （七首）

**一**

祥云运会正气扬，全民争先竞技欢。
健儿赛绕青海湖，精英拼搏捷报传。

**二**

青春活跃学富强，环湖赛车箭一般。
天道酬勤敢拼搏，奋勇争先绩优良。

**三**

党施大爱教育畅，民心向上追梦香。
祥云教苑竞比美，莘莘学子歌声亮。

**四**

铁肩担当风雨浪，妙手巧绘新诗章。
各族人民齐奋战，财富收达十亿关。

**五**

万物灵动吐芬芳，生机勃勃向上长。
新老城区建改造，多彩山乡展新样。

**六**

调取米河甘泉淌，浇灌肥美彩云乡。
引洱入宾济祥云，书写水利新篇章。

### 七

绘画彩云远景象，促进城乡大发展。
上下同心酬壮志，全民登高奔小康。

注

① 2014年3月，时遇祥云县召开“两个代表大会”和全民首届运动会，全县上下喜事连连，各行各业发展喜人。此次全运会，侄孙张学富在祥云一中高一就读，积极参与自行车环湖赛，获得第四名的良好成绩。

## 英烈精神万古传[①]

德三铜像矗龙岗，龙翔公园添景观。
英烈业绩千秋永，豪杰正气万古芳。
北大参研马学会，黄埔担任政教官。
视死浩气泣鬼神，壮怀豪情写遗章。

注

① 宝地王家庄，王氏英杰昌。波川人才涌，风云神州荡。2014年6月30日于祥城。

## 洱水情[①]

钟楼云绕古郡兴，墨笺韵染祥和清。
洱水回环波弄影，白鸽翻飞报佳音。

① 2017年5月8日，回静月听风。

## 洱水化祥云[①]

洱波碧天接祥云，白鸽腾飞穿云行。
钻山跃堑渡桥涵，振翅翱空超峰岭。
敢牵狮吼吐甘泉，能缚长龙为民心。
千秋能圆洱水梦，万代流淌彩云情。

注

① 2017年4月16日，引洱入宾济祥通水之际。

## 祥云湿地公园[①]

青岚送月追丽日，绿柳摇风动情思。
境幽气爽莺鸣曲，人潮花芳燕吟诗。

注

① 2017年5月8日，回静月听风。

# 烈士孝达永流芳[1]

## （二首）

### 一

孝达故居英气稠，红色精神染春秋。
四合五天井中井，走马转角楼外楼。
王氏数代书香第，豪杰贡生竞风流。
兄弟叔侄皆革命，东西南北志壮酬。

### 二

远祖王导乌衣巷，渊源南京云飞扬。
门出壮士源荷塘，莲生赤子绽清香。
英烈血染潮汕红，孝友传家海天长。
艰苦奋斗河山永，为求和平中华强。



注

① 2017年5月10日，祥云老干一支部党员活动。

烈士故居荷馨香

# 英烈精神浩气扬[①]

## （二首）

### 一

红色基地王家庄，英烈故里浩气扬。
王氏志坚为革命，兄弟义刚情激昂。
追求真理钟灵远，前仆后继薪火传。
白山复生抗倭寇，黑水捐躯卫国疆。
鲜血染红黑土地，英名传遍彩云南。
德三不屈勇献身，血溅长天山河壮。
万言遗书惊天地，竹节梅魂永流芳。
英雄业绩千秋仰，豪杰美誉万古传。

### 二

彩云骄子兄弟强，壮烈英豪耀波川。
良好家风育后代，世第书香兰桂芳。
北大参加马研会，播火先驱奔前方。
共产党人先锋士，立志高远忠诚党。
神州激荡英雄气，英豪献身求解放。
伟烈丰功万古留，豪杰碧血千秋扬。
历史繁衍云霞路，长河孕育懿德光。
红色传承教基地，不死精神永相传。
继承先烈革命志，忠诚干净勇担当。
先贤德泽荣故里，人民呼唤楷模样。

① 2015年4月28日，祥云县教育局党总支组织中小学校长、幼儿园园长、局机关股室长和党员到祥云王家庄进行革命传统教育活动，学习王氏英杰血溅长天为党为革命奋斗终身的英烈事迹。王家庄英烈故里是全国红色传承教育基地之一。2015年5月8日写于祥城。

# 龙翔公园百花芳[1]

## （三首）

### 一

龙翔公园景色秀，草绿灯柔环境优。
鸟语花香龙翔地，水清鱼跃燕剪柳。
晨笛唢呐声声响，音乐歌舞曲曲悠。
花灯弹唱抒胸臆，欢声笑语赞不休。

### 二

爱义基地正气道，苍洱健儿争上游。
德三忠魂冲天宇，英烈丰功冠五洲。
莺飞草长风和日，国富民安快活周。
社会和谐乐百世，人民幸福喜千秋。

### 三

绿化管理显身手，浇花护草枝剪修。
草青树茂人人爱，景新苑美时时悠。
全民健身强体质，多种运动增福寿。
欢奏祥云腾飞跃，高歌民族获丰收。

注

① 2014年9月20日，乐在龙翔公园有感。龙翔公园占地89亩，公园中部坡顶上矗立了王德三烈士铜像，其后侧竖有“大理州爱国主义教育基地”楚石碑。公园还建有林荫道、老年宫、儿童游乐、鱼池、亭台和休闲活动的石桌石凳等设施。

# 祥云一中换新装[①]

匡州七彩宏图展，祥云一中鲲鹏翔。
打造航母新校区，铸就伟业创辉煌。
党政重视大教育，师生合力谱鸿章。
乘风破浪正当时，直挂云帆济沧海。

注

① 2014年9月10日，贺祥云一中新校区建成。老校区位于古城西街，建于1934年，1936年红军长征过祥云时，为学校题词“为国育才”作勉励。新校区位于县城和谐大道南侧，总投资3.99亿元，占地292亩，班级规模达120个班。2014年8月投入使用，是目前大理州规模最大、现代教育技术设备完备、办学条件优良的校园，是省内县级一流学校，被誉为“祥云教育航母”。

2014年8月，祥云县教育资源整合，祥云二中并入祥云一中。原祥云一中校区划归祥城镇，增办一所初级中学，名为“祥云一中初中部”；祥云二中校区划归云南驿镇开办初级中学，保留原校名“祥云二中”，是祥云县乡镇规模最大的初级中学。

祥云教育谱华章

# 奇境天峰山[①]

## （三首）

### 一

有幸乐游天峰山，古刹璀璨历史长。
骚人妙绘诗画富，墨客技精文宝香。
能工精刻显灵气，巧匠细琢活道观。
群雕嬉戏舞春曲，前狮后象永流芳。

### 二

几时有天能觅探？何处飞峰立山岗？
双龙水流金澜江，滴珠分淌汇大洋。
圣山灵气四海涌，道观仙风五洲扬。
无穷智慧千秋载，源源来者万代昌。

### 三

冬去春来万物长，和风滋润百花芳。
好友兴出白国地，虎年喜游天峰山。
平生有幸缘圆至，道长巧遇话宝藏。
德高贤道信为本，诚朋挚友慰国安。

注

① 2010年10月，到天峰山朝拜观光，不慎丢了记事本。2012年春节，白国故都大波那同乡、同事好友杨兴红到天峰山，巧遇天峰寺住持彭道长，说起捡到我的记事本一事，特将记事本请兴红转交，遂写诗纪念。前狮后象喻前思后想。2011年6月23日。

# 铜棺墓迷深[1]

参天大树必有根，环山之水存渊源。
波川英豪白国出，王府将星古今生。
故都底蕴深厚重，铜棺墓主史海沉。
战国君王部落首？科学解密看来人！

注

① 2015年3月12日，回老家参观大波那铜棺出土遗址。老家距大波那铜棺遗址不到2公里，1964年3月，铜棺出土时我八岁，非常好奇，前往观看。铜棺内铜器甚多，有铜矛铜杖等。因以前我国曾使用铜币，长辈们认为它是钨金做的，是一口“金棺”。后来，经国家文物局碳14测定，距今已有2300多年的历史，是战国时期的铜棺，其主人是谁一直是个谜。



# 方通云幕科影城[1]

方通总裁杨学洪，通达腾飞赛金龙。
公建云慕国影城，司翔海天跃鲲鹏。
宏开伟业兴盛世，图张豪气贯长虹。
大爱精神雄风振，展望鸿愿美景隆。

注

① 2015年12月27日，贺方通云幕国际影城开业志禧。

# 北塔镇山川①

巍巍北塔入云端，层层紫气拢波川。
风声水起俊贤秀，虎啸龙吟文脉长。
海映塔影藏将相，凤翔波水蕴侯王。
风水宝塔山川镇，家乡世代人才旺。

注

① 刘官厂村北塔，修建于嘉庆（1796年）年间，距今有200多年，由当时祥云知县张槐及当地廪生李唐焕重建。是刘官厂村的风水宝塔，“文化大革命”期间，被造反派借故以扫“四旧”为名炸毁，2008年又重建。刘官厂村的塔山，形似一只金虎。虎头向东，塔是虎的尾，虎尾直立向上威武雄壮，象征永镇山川，护佑“波川”人才辈出，生活幸福，向上发展。

② 刘官厂的虎山、王府山、金刚山，大波那的龙山、象山、绣球山，形成了天然的虎跃龙腾的风水宝地。

③ 刘官厂村很久以来，村落形似一只金凤，福海旁的观音阁形如一只金凤的头，村前的福海水孕育着村中老老少少、生生不息向前发展。旧时就有“金凤点水”之说。刘官厂村朱兆（民国时期任国民党军师长）家有一座三层硐楼是金凤的右翅，李聪家的三层硐楼是金凤的尾，刘周家的高大老房子是金凤的左翅，自然形象灵动，富有生机活力。2015年3月12日写于祥城。

宝塔福海蕴奇光

# 凤翔刘官厂[1]

## （三首）

### 一

风水宝地刘官厂，钟灵毓秀骏腾骧。
人杰地灵田园美，风和日丽花果香。

### 二

明理尚德佳风范，敢为人先奔图强。
人才遍布百业界，将军连出四海扬。

### 三

风水宝塔镇山川，文源福海蕴奇观。
银凤点水波光秀，金虎啸声苍洱昌。

注

① 2012年2月24日回家有感。刘官厂村（即刘厂村）历史悠久人才辈出。

# 观棋海[1]

国萃象戏几千秋，古冠棋圣曲指头。
惟有近代谢侠逊，中外艺海如龙游。
百岁棋王总司令，国难弈和恩来周。
现代雄数王天一，棋经誉满星外球。
当今大师碧天涌，垂载史册棋谱收。

注

① 2019年2月20日。

# 家乡风土情①

## （二首）

### 一

璀璨星光耀家乡，父老乡亲叙沧桑。
悠悠白云轻飘飞，株株幼苗吐芬芳。
清清福海碧波荡，朗朗书声润心房。
金风点水腾瑞气，宝塔凌空镇山川。

### 二

田园独美蕴奇观，英才辈出古今扬。
彩云波川世代美，铜棺故地龙虎翔。
族邻明理和睦爱，亲友勤俭厚德光。
幸福生活甜久远，美丽家乡胜天堂。

注

① 2007年9月，回刘官厂老家与父老乡亲交谈有感。2017年5月修改。

情海深深恋故乡

# 楷模普发兴[①]

## （五首）

**一**

发兴楷模祥云人，生于一九三六年。
六〇加入共产党，廿年担任村领雁。
古稀之时仍在任，热心为民苦苦奔。
二〇〇七逝任上，两袖清风留人间。

**二**

忠诚于党挑重任，大公无私甘清廉。
脚踏实地创基业，锐意进取绘新篇。
一心为民谋利益，满腔热忱筑情深。
秉公办事正气扬，清正廉洁和风生。

**三**

恪尽职守法纪严，为民发展走在前。
出差北京住陋室，生活简单少花钱。
金杯银杯重口碑，心声民声靠自身。
学习楷模好精神，努力工作劲倍添。

**四**

百姓心中有杆秤，件件实事留心间。
对党忠诚乐奉献，爱民如子解愁冤。
勤奋工作不怕苦，建设村规敢为先。
高尚情操载史册，可贵精神励后人。

**五**

全国劳模情切真，德厚意重虑民生。
呕心甘尝百姓苦，沥血愿呼老牛声。
当今干部遍天下，应当成为楷模人。
斯人已逝精神永，劳模事迹映红天。

**注**

① 2015年4月28日，教育局党总支组织中小学校长、幼儿园园长、局机关股室长和党员到祥云下庄“省级红色传承教育基地”，进行革命传统教育活动，学习全国劳模、云南省优秀村党支部书记普发兴的先进事迹。普发兴的四种精神是：忠诚于党，大公无私；脚踏实地、锐意进取；一心为民，服务群众；秉公办事，清正廉洁。

普发兴三人到北京办公事，为省钱合住地下室；在生活上因工作忙，常常吃碗面条或馒头解决；在大理州还没有制定实施农村十星级文明户标准之前，老书记在本村就制定了实施五星级文明户标准要求。2015年5月8日写于祥城。



# 恋故乡①

人生百岁方觉短，荒草杯土蕴清香。
光阴似箭鬓发白，日月如梭江水长。
甘为春蚕吐丝尽，愿化红烛照人寰。
坚心鼓足平生气，酬情深深恋故乡。

**注**

① 刘官厂老家是我的故乡之地，人口8500多人（2015年底），是祥云县最大的自然村。有“千年福海龙腾乡，风水宝塔镇山川。人杰地灵王府地，将军摇篮刘官厂”之美称。2016年10月12日有感于祥城。

# 波那书苑文韵香[①]

## （三首）

### 一

故都书苑清风腾，白族民居灵秀园。
如金倡义捐资建，旺盛合力绘新篇。
典籍瑰宝富雅院，诗词歌赋著佳声。
彩云南现蕴波川，画卷芳香醉游人。

### 二

文渊砺学优才生，奋发读书勇争先。
名村年年添景秀，贤俊个个酬勤真。
仁果出征鸿图展，白崖彩焕波川艳。
金言铭刻隽秀永，人文景观流芳远。

### 三

十二生肖年年更，廿四节气月月生。
如旺卌载勤学富，灵性节气赋新篇。
自然规律应遵循，心田硕果靠乐耕。
宇宙空间五行变，阴阳平衡有克生。

注

① 2015年春节，与弟红洋到大波那书苑拜访张如旺先生有感。

# 明川功臣颂[①]

## （二首）

### 一

远征老兵杨明川，百载春秋体健康。
昔日抗倭硝烟漫，今朝参阅精神爽。
纪念抗战七十年，阅兵乘座十号箱。
威武豪迈英雄气，犹如当年灭寇郎。

### 二

明川前辈真荣光，捍卫祖国保家乡。
头悬生死何所惧，血洒沙场为民欢。
参加边纵八支队，一心紧跟共产党。
坎坷征程创佳绩，光荣离休享安康。



注

① 为祥云抗战老兵杨明川92岁参加祖国“9·3”大阅兵有感。2015年10月11日。

# 赞好友[①]

品行大帅美人生，
和谐永祥苍洱滇。
花芳梦苑四海涌，
李香心蕊五洲渊。

注

① 2019年3月11日，与好友交流即兴，藏名诗。

# 彩云邹老抒情怀[1]

## （三首）

### 一

正道敏行存德厚，壮心无悔为国酬。
岁月记忆抒风雨，晚霞情怀写春秋。

### 二

坎坷磨难志未休，春风化雨润心头。
峥嵘岁月爱祖国，顺畅晚景喜丰收。

### 三

耄耋肩负党所托，希骥奋力腾匡州。
写诗撰文凝情怀，读史养性乐悠悠。



注

① 2015年12月31日，拜读邹敏《晚霞情怀》《岁月记忆》有感。

锦绣河山美如画

# 晚霞山乡情①

## （七首）

### 一

祖龙退休真荣光，老促会中乐担当。
虽然原籍开远人，却把祥云当故乡。
半个世纪踏山水，十七年月爱农庄。
助推老区脱贫困，帮扶地方谋发展。

### 二

祥云二〇一六年，十大新人受表彰。
名列榜首受嘉奖，先进典型闪金光。
坚实足迹映山河，精彩故事响四方。
多年获奖数十次，省部地厅常颁奖。

### 三

革命老区王家庄，红梨基地果飘香。
昔日荒山倾情浓，今朝沃野好景象。
品种规划赵老操，果树栽培亲手干。
冬桃蓝莓水蜜桃，大理高山菊绽放。

### 四

云南红梨硕果芳，高端水果质优良。
泰鑫庄园蜚声远，省级精品好园庄。
昆明国际农博会，连续三年获金奖。
彩云山川添秀色，甜美水果销远方。

**五**

省级重点龙源骧，带动百姓致富欢！
赵老乐意添帮扶，精神鼓励助力强。
技术扶持如甘露，方向定位前景长。
发展绿色新理念，环保蔬菜肥美香！

**六**

滇中一年三熟粮，课题跟踪试验场。
小麦玉米马铃薯，祥云芮家赵老帮。
平均亩产一吨八，立体种植成果棒。
产量超过西班牙，最高突破两吨粮。

**七**

生态农业产链长，循环经济前途广。
泰鑫鑫海龙之源，星星明灯亮四方。
下庄水盆展特色，猪沼果业链接强。
祥云建成八科园，大地欢披七彩装。

注

① 尊敬的赵祖龙是祥云县原人大常委会主任。一生与“农”为伴，退休十七年来，依然奔走在祥云的红土地上，为老区建设、企业发展、群众致富谱写着精彩乐章！2016年12月31日。

晚霞山乡情永驻

# 金秋十月喜重重[①]

祥云献瑞喜气浓，巨龙腾飞赛鲲鹏。
首都北京展花姿，边陲古郡露华容。
经济发展连世界，科技进步超强国。
脱贫攻坚克难进，战天斗地奏凯歌。
教海春风催奋进，护疆浩气贯长虹。
中华年年添美景，祖国处处溢祥和。
百鸟翻飞舞丽日，万众同筑复兴梦。
喜迎党的十九大，锦绣江山中国龙。

注

① 2017年10月1日。



# 为少苹《桑梓情》·感赋[①]

德艺双馨赵家先，尊辈从医乐献身。
红心映照波川秀，金凤润泽苍洱艳。
培育子女成大器，苹芸竹节钟鸣贤。
白国古郡多才俊，神州大地龙凤腾。

注

① 2016年12月24日于祥城。

# 退休老干乐[①]

## （二首）

### 一

退休老干倍乐观，考察学习游河山。
大理洱源剑川行，山清水秀文脉长。
老伴重情惦家人，途经古城看亲欢。
人生难得留佳影，阖家安康幸福长。

### 二

彩云叶榆蕴芬芳，红全高峰敢登攀。
中外红木茶具店，宾客如织成交欢。
生意兴隆通四海，财源茂盛达三江。
天时地利人气和，勤劳人家硕果香。

注

① 2016年9月7日-9日，爱人张丽英与祥云离退休老干部，前往大理洱源剑川考察学习，途中抽空看望老父及红全合家。2016年9月15日有感。

祥云老干倍乐观

# 耳总长聆心田音①

## （二首）

### 一

忘年之交徐老伯，
卅载光阴思若何？
点点相帮聪慧敏，
代代关爱情酬多。
冤屈苦酒浓血热，
磨难换来苍天乐。
赤党耿愿洱水秀，
效国著写秀美歌。

### 二

离休晚年挑重任，
财税修志任主编。
耄耋加入共产党，
丹心无悔乐奉献。
不幸跌断股骨头，
神医难挽伯父生。
死而后已精神永，
呵护相帮留心间。

注

① 2015年12月20日，怀念老伯徐思聪，诗藏“徐思聪情浓苍洱秀”。

# 登高望远情悠悠[①]

耄耋登高重阳楼，声洪体健行乐悠。
千锤百炼肩挑担，两学一做雁领头。
双百目标中国梦，翻番伟业众志遒。
鞠躬尽瘁无怨悔，甘洒热血写春秋。

注

① 2016年10月11日。邹敏八十四岁，身体好。祥云老干一支部书记。党的十八大提出两个“百年奋斗目标”：一个是在中国共产党建党一百周年时全面建成小康社会；一个是在新中国成立一百周年时建成富强、民主、文明、和谐的社会主义现代化国家。



# 碧玉蕴清辉[①]

## （二首）

### 一

如歌岁月六十春，学高才富受尊敬。
教书育人桃李秀，为官廉政百姓钦。

### 二

著书立说青史韵，赤胆忠心铸党魂。
潇洒人生乐无限，楷模力量励后昆。

注

① 2003年9月，祥云县政协主席罗玉臻光荣退休，与丽英合撰祝贺词。

# 艳钧长联赞[1]

华夏长联王者尊，
诗联歌赋艳美新。
锦绣苍洱钧雕就，
鹏声秋雨大家惊。
汶川鸡足作鸿联，
国史丰碑载云宾。
改革开放乾星转，
蜂飞蝶舞坤璨明。

注

① 2018年10月13日，与祥云作协主席郁东一行前往宾川爽馨石榴园，参加“王艳钧系列长联分享·见面会”有感。共同分享了王艳钧《锦绣大理长联》2008字、《祭“5.12”汶川大地震长联》512字、《佛教圣地鸡足山长联》2468字等30多部长联的艰辛创作之路。诗藏“王艳钧大作载乾坤”。

# 品高成美玉[①]

人生道路似彩霞，心声飞舞涌才华。
友谊花开千万树，博爱关怀无数家。
大维肥业展雄风，彩云高天绘诗画。
行善积德恒久远，修身养性永无涯。

① 2015年1月21日，为祥云县大维肥业发展有限公司总裁高诚美而作。因从曲靖云维到祥云创业，企业发展红红火火，又富有爱心，多年来，向社会单位、个人捐款几百万，亲身前往慰问病患人群和扶贫困难家庭。很受社会认同、民众赞赏。

# 干强枝茂祥云飞[①]

张氏始祖挥公强，树造弓矢帝赐张。
祥为嫡孙海西人，泰鼎力绘彩云南。
兴盛百家春春秀，公信八方年年欢。
司创州长提名奖，宏举公益扶孤残。
图张多彩新天地，展望鸿愿美景长。

① 2016年1月1日，张树祥总经理多年来做出来的成就和高尚品德深深地感染了我，特赞之。“藏头诗”愿“张树祥泰兴公司宏图展”。

# 好景时光满树花[①]

上海知青献年华，彩云土锅炖物佳。
春梅盛开绽滇云，光明照耀暖天涯。
义珍英明情永远，国富家春蕴奇葩。
金龙飞天腾瑞气，玉玲润地绘彩画。
惠风和唱歌百世，馨香满园醉万家。

注

① 2010年10月6日，与春梅、光明、义群、家义、芸珍、存赋，四家人欢聚在彩云城。彩云指祥云，土锅指祥云的一种土坯烧制成的锅具，也特指祥云人，家与嘉同音，富与赋同音。诗中藏两代八个人之名。



# 春光明媚[①]

人生挚交品性佳，溪水长润旧年华。
点点滴滴投情重，时时事事爱心拉。
尺咫难得春光好，天涯绽放明媚花。
只因知己常惦念，今生结缘到白发。

① 2010年4月22日，回赠上海春梅好友。

# 集盛农庄蔬果香[①]

始祖追远公何庶，宗功庆长为民福。
收储粮食营建材，多岗磨砺闯新路。
承租土地带头人，开拓创新种果蔬。
科学管理细耕作，精心呵护每一株。
产品畅销省内外，经济增收勤致富。
州级科普示范地，规模生产有保护。
现代农业显特色，省级表彰添劲足。
祥云集盛农庄园，绿色产品展宏图。
守土致富不忘本，帮村扶社贫苦户。
历尽艰辛困苦难，硕果飘香源源出。

注

① 2015年7月，观光禾甸镇白族民营企业家何宗慰总经理多年打造的“祥云县集盛农业庄园”有感，何庶是何氏始祖。

精品种植前景广

# 溪流心间[1]

## （二首）

### 一

银蛇轻舞腊二九，有才金鸡腾飞走。
金猴妙思隐身处，凤凰迷藏喜心头。

### 二

秧箐金鸡落君家，有才年年表情华。
春秋不老观世故，情谊深厚传佳话。

注

① 2014年1月29日，是癸巳年腊月二十九日，相处近20年的好友有才牵挂来看望。友情深深留佳话，心意切切著年华。诚谢挚友多关爱，幸福常临好人家。



# 兆周永恒[1]

质朴勤奋情意真，艰难困苦展新篇。
缘因同乐祥师训，恳帮分享共乐天。

注

① 在县教育局工作时，“兆周永恒”是“QQ”雅号。2013年8月。

# 邹氏融兴溢彩香[1]

邹氏后裔商贾渊，子孙经海蛟龙腾。
全心创业弱渐强，融粒聚塔稳而坚。
兴企卓实产业盛，放手苦干勤俭先。
异样关爱多公益，彩云流香美人间。
大宗产品销国外，业丰商城拔地生。
宝菇干果犹云集，地产煤业展新颜。
长久融兴商茂富，新远通达鸿图臻。

注

① 祝福祥云融兴商贸有限公司，大业宝地长新臻。2018年7月31日于祥城。

# 梦香苑[1]

李芳桃红满苑开，心存高雅显英材。
蕾蕊绽放枝枝秀，美丽芸香朵朵爱。

注

① 赞同学之孙女“李心蕾美”健康成长。2016年5月26日。

# 强身兴家仁德厚[①]

## （三首）

### 一

祥云骄子邹兴仁，五十三岁体魄健。
身强力壮气质好，马拉松赛难解缘。

### 二

道路漫长劲倍添，意志坚韧冲向前。
全程佳绩超同龄，功夫不负苦心人。

### 三

全民健身重实践，自费进京乐无边。
莫道年龄大与小，敢想敢为敢争先。

注

① 2015年10月20日，祥云县煤炭局职工邹兴仁，勇于自费参加在北京举办的全国马拉松赛，成绩突出有感。

# 博帆正高扬[①]

鹏飞高天翱苍穹，翔宇触地意志雄。
羽通古今晓中外，搏击海江赛鲲鸿。

注

① 祝愿祥云县博帆建筑工程有限公司鹏程万里，创造辉煌。2017年6月。

# 李芬芳[1]

李枝风华元气生，新朗沃土孕志坚。
读书成长路艰难，坎坷磨练心甘愿。
行医办院倾情做，恳为社会多贡献。
困时独善好身影，达则兼济百姓生。
耿耿忠心存德厚，爱心乐扶困残人。

① 2015年12月31日。新朗：指东山乡新朗村委会。

# 华光流彩香[1]

高扬时代主旋声，酷爱艺术写人生。
钟华神州大地情，醉美城乡丰收甜。
慧光独秀特色影，风采靓丽精巧篇。
映照彩云添乡愁，帼人松枫展笑颜。

① 2017年4月20日，赞艺术家，诗藏“杨爱华美，光彩照人”。

# 贺新婚[①]

同学之子结良缘，尼玛饶兼佳偶成。
绿色军营承父志，司令后代有来人。
汉藏联姻存大爱，新人和美过百年。
亲友见证新婚礼，漫湾酒店展笑颜。

注

① 2015年10月30日，同学秀芳之子喜结良缘有感，“尼玛饶兼”为新人藏名。



# 泥土香[①]

乡土厚重蕴德兴，城郊小庄飞金鹰。
能说会道展才干，光宗耀祖显门庭。
劁猪兽医技法好，饲养销售畜业精。
人生结缘几十载，可贵精神永长青。

注

① 2015年1月日，为了相处30多年的农民朋友而作。在他身上有许多优点，可歌可敬，值得我们学习！是我知交的赵大哥。

# 硕果满山坡①

刘厂青年段汝松，发展经济神运通。
创建泓禾合作社，种植林果财力雄。
蓝梅樱桃长势旺，冬桃红梨产量丰。
基地规模六百亩，优品增值年年红。

注

① 2015年11月8日，与好友小常家前往禾甸鲁家山“优秀青年”“泓禾公司”段汝松果园摘桃有感。

# 无　题①

晶莹剔透闭月羞，淡雅素妆暗香流。
玉洁冰清尤高雅，珠圆叶碧独芳幽。
水粼风吹美姿妍，鱼歌蛙鼓醉湖游。
谁家玉女惊鸿雁？雨润荷馨染春秋！

注

① 2018年7月27日，于祥城。

# 乙未新春喜洋洋①

## （二首）

### 一

骏马奔腾硕果香，神羊献瑞宏图展。
新春佳节喜气浓，亲朋好友精神爽。
家家户户享福禄，老老少少乐安康。
万绿青青织锦绣，百花朵朵吐芬芳。

### 二

中华大地喜气洋，祖国高天礼花灿。
国强民富千家好，政通人和万户欢。
彩云儿女追日月，匡州山河披霞光。
高楼大厦拔地起，古城新区异彩放。

注

① 2015年3月25日。

欢欢喜喜回家乡

# 七律·蕴雅禅音[1]

绦柳飘飞六四秋，如梅傲雪卌年修。
源泉点点咏心愿，海浪滔滔吟国酬。
处世真诚是根本，耕田不辍做黄牛。
霞烟流水多风雨，老骥伏栏愁未休。

注

① 2019年7月13日，人生六十四秋有感。在《北京头条》发表，同时被译成日文传播。

# 鹰飞翔[1]

鹰飞朝阳腾四方，喜爱蓝天胸怀宽。
经风历雨豪情壮，冲天翔地热血翻。
白州苍洱留足迹，祖国山河展羽光。
正气奋飞数十载，余热挥洒暖方方！

注

① 2016年10月7日，米甸朝阳地村老年活动中心落成庆典有感。

# 助学欢歌①

## （二首）

### 一

阳春三月好风光，往来普淜助学忙。
机关贯彻书记令，员工践行发展观。
片片爱心红如火，点点相帮解忧难。
领导鼓舞磨砺志，希望小学育栋梁。

### 二

黑苴师生教学欢，蓝天飞龙展翅翔。
建起宽敞新校舍，改善设施换新装。
一方有难多方赞，十分伟大共产党。
师生同心齐向上，提升教学质量关。



注

① 2009年9月，前往普淜镇黑苴小学慰问。因学校由祥云县飞龙公司捐建，故名为祥云县黑苴飞龙希望小学。

童年时光似花芳

# 彩云腾飞庆双节[1]

一年一度，秋风送爽。
接纳祝福，享受清凉。
珍重尊严，德行荣光。
献身所爱，保持安康。
祥云儿女，志高力强。
宏图伟业，引洱济祥。
工业发展，金龙腾骧！
育人环境，提速改观。
教师待遇，年年改善。
学府[2]待迁，跨越难关。
世纪新城，诸葛寨山。
彩云明珠，展显霞光。
和谐向上，新星形象。
幻化无穷，万众称赞！

① 2013年中秋佳节与教师节连在一起同庆有感。
② 学府指祥云一中。

# 马炮双雄[1]

双人联袂横刀立马张弓勇，
数载拼杀过关斩将任天歌。

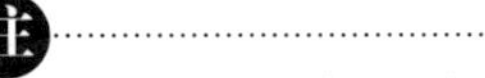

① 2018年10月，好友张立人和任天寿参加在保山举办的全国象棋业余棋王赛老年组中，分别斩获亚军和季军。

# 师魂正高扬[①]

（五首）

一

盛世兴教春风焕，人民教师倍荣光。
尊师重教国风雅，弘儒张德师魂荡。
促禾护苗虽辛苦，创教研改尚乐观。
神圣使命记心上，甘做人梯共登攀。

二

倾情校园育苗壮，无悔青春谱乐章。
春天播撒点滴爱，秋日盼望桃李芳。
起早跟班作典范，贪黑改本愿担当。
默默耕耘孺子牛，犁犁勤劳泥土香。

三

坚韧意志向上攀，勤快巧手织云南。
学古抒今求卓越，承先启后赶图强。
情投校园心潮涌，汗洒教海帆正扬。
爱生乐教忠魂永，德高身正世代传。

四

党政重教山乡唱，科教兴国大地欢。
满园春色蓓蕾放，全县上下风采扬。
名师名校星星起，教育教学招招棒。
人类灵魂工程师，民族振兴挑大梁。

**五**

师生情浓话短长，往事海深激细浪。
不图名利铸大爱，甘做蚕烛化丝光。
丝丝真情连众意，点点热泪为民欢。
恩师精神如日月，榜样力量壮河山。

① 在第31个教师节来临之际，积极参加祥云县教育局组织的以“弘扬高尚师风，铸就时代师魂”为主题的诗歌、散文、书法、绘画、摄影作品展活动。自己乐于教育40年，许许多多的教师（包含我读初中时的校长、语文教师杨本清等），勤耕教坛，奉献了青春年华、无怨无悔；满园春色，硕果累累。为显现教师光荣，使命崇高，特学诗参展。2015年9月10日，获参展诗歌二等奖。2015年8月16日于祥城。

# 红军战士忠魂永[①]

红军将士满腔情，舍生忘死为人民。
忍饥挨饿驱魔寇，跟党抗战献丹心。
雪山草地迎难上，坎坷风雨愿艰辛。
哨所农家养伤病，穷山恶盗害忠魂。
情洒青山千古道，血流楚河万代铭。

① 2016年1月7日，与祥云县《家在祥云》编写办公室人员一行前往米甸插朗哨红军墓采风；4月19日，祥云老干一支部组织全体人员参加“红军长征过祥云80周年纪念活动”，到红军墓，献花祭奠先灵，重走长征路有感。

# “三严三实”国兴典[①]

## （三首）

### 一

群众路线是法宝，三严内涵立志高。
严以修身强党性，提升道德增情操。
严以用权有章法，勤政廉洁民赞好。
严以律己慎笃行，遵纪守法行正道。

### 二

三实意义很重要，言行一致展实招。
谋事要实金点子，为民兴教有目标。
创业要实真抓干，艰苦奋斗不动摇。
做人要实忠诚党，一心一意甘勤劳。

### 三

群众路线教育真，三严三实做法先。
忠诚干净勇担当，为民务实甘清廉。
抓铁有痕重勤政，踏石留印写民声。
狠抓党风除顽疾，弘扬正气谱新篇。

注

① 2015年3月25日，积极参加党的群众路线教育和学习习近平总书记“三严三实”教育有感。

# 仁心静水[1]

静渡福海仁爱存，水本无形愿素心。
流波汹涌惊涛浪，深海澎湃古今情。

注

① 静水流深，2014年9月。

# 师德秀美[1]



珠江水肥鱼悠游，万里长河竞奔流。
福种心田千山美，德光苍洱百川秀。

① 2016年1月11日，给朱万福老师信。

苍洱欢歌鸥飞翔

# 邹氏美德永传扬①

## （三首）

### 一

金秋九月竞芬芳，祥云七彩正飘扬。
始祖南京应天府，肇起大坝柳树湾。
邹氏宗祠重修建，精神家园换新装。
人才辈出振百业，经济发展响四方。

### 二

行看高天思惆怅，坐观白云念故乡。
尊老爱幼为根本，耕读书香世泽长。
奋发图强不言苦，勤俭节约是良丹。
团结和睦心相印，孝友传家族风范。

### 三

乐善好施爱绵长，诚信互助情难忘。
热心公益无怨悔，坚韧不拔向上攀。
宗亲伟业共创造，子孙血脉永流淌。
邹氏风范载史册，中华文明世代传。

注

① 2016年10月4日，参加祥云县刘厂邹氏宗祠修缮竣工庆典暨祭祖仪式活动有感。

# 妍花娇[①]

一枝独秀百花丛，龙溪琴丹醉春风。
祥云金枝多绚烂，荷香松扬飞彩虹。

注

① 2017年6月，祝福好友：枝叶茂盛，异彩芳香。

# 洪峰水滔滔[①]

洪海锋江壮丽强，三家凤头沐朝阳。
党关民爱促脱贫，攻坚克难奔小康。

注

① 2016年阴历七月十三日，与好友前往米甸镇朝阳地“凤头村”看望洪锋（其有五兄妹：海锋江壮丽）并给他理发。因其患血友病至瘫痪，腿足变形十多年，但仍自强不息、艰难奋斗做手工，将其女供了上大学，精神难能可贵。

# 禾甸温泉滚财源[1]

天赐禾甸好温泉，水热机欢滚财源。
泉处越哀古道旁，溪流火山深谷间。
宝地金汤施百姓，温水龙王佑众生。
休闲泡澡除百病，玉液硫磺美肤颜。

注

① 2014年12月24日，到禾甸镇温水村。此温泉地处禾甸镇温水村委会溪谷深处和火山运动带上，也是古代“越析”通“镜州”至哀牢要道，水量大且水质好，富含硫磺矿物质，是娱乐休闲的好去处。



# 春光美[1]

和风送暖柳丝扬，祥光聚瑞彩云欢。
苍松翠柏透碧玉，青枝嫩芽蕴新章。
春雨绵绵润心甜，樱花飘飘撒清香。
万物孕化灵性美，满怀歌咏中华强。

① 2019年2月27日，春光无限美，盛世海天长。

# 米拉路情深[1]

## （二首）

### 一

米拉公路祥云段，沙坡连至五台山。
二十四点九公里，祥云投资上千万。
路基拓宽强硬化，道路畅通促发展。
米拉古平连铁锁，两州三县富美乡。

### 二

公路沿线美风光，核桃成林硕果香。
民族文化底蕴厚，彝乡老少歌舞欢。
米拉矿产黑金富，造福百姓促发展。
山水相连人气旺，睦邻同心奔小康。

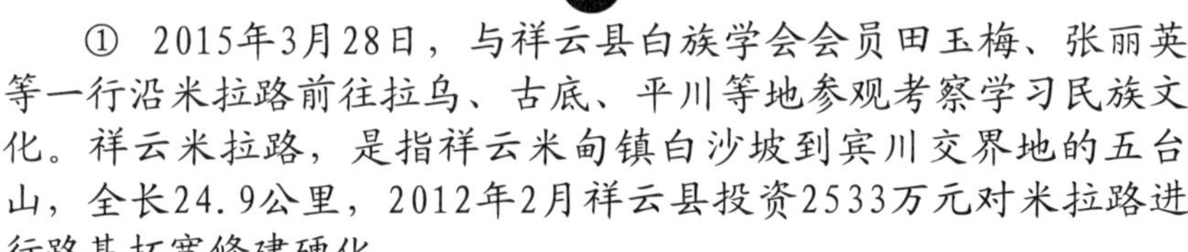

① 2015年3月28日，与祥云县白族学会会员田玉梅、张丽英等一行沿米拉路前往拉乌、古底、平川等地参观考察学习民族文化。祥云米拉路，是指祥云米甸镇白沙坡到宾川交界地的五台山，全长24.9公里，2012年2月祥云县投资2533万元对米拉路进行路基拓宽修建硬化。

② 米甸东北边有宾川县的拉乌乡、古底乡、平川镇和大姚县的铁锁乡处于两州三县交界之间。

# 春节感怀[1]

## （三首）

### 过春节

千家万户喜迎春，五湖四海涌激情。
华夏子孙振海外，炎黄文明响古今。
欢歌祖国千般好，畅谈家乡百业兴。
神州发展鸿图远，乾坤焕彩大地新。

### 笑对人生

世事混杂伤神经，矛盾交织难分清。
独走钢丝风雨阻，偶履薄冰险象惊。
墨守陈规误发展，与时俱进献丹心。
美好曲子同心谱，和谐社会满眼春。

### 办事难

比较做事效应增，辨别真假福禄添。
盲目决策亏本利，急躁办事伤情面。
隔行作为难知底，谦虚谨慎受益深。
三思解题最优化，多方琢磨滚财源。



注

① 2018年2月15日。

# 彩云飞诗[①]

祥云焕彩醉诗歌，才子佳人涌白国。
最是郁东词化李，倾倒苍山诗成河。

注

① 2018年5月26日，为诗人郁东作品大理见面分享会而作。

# 高考有感[①]

十年学海苦雕琢，万千扁舟竞求索。
伟岸登阶翘首望，金榜题名逐浪波。
大海无垠凭鱼跃，苍穹广袤任龙搏。
吸纳海天精气神，展翅星空天地阔。

注

① 2018年6月7日。

# 小球撞动大球飞[①]

祖国蓝足现状忧，成绩难出伤心头。
要使球球雄风振，惟经代代鏖战求。

注

① 2018年6月15日，小球指中国的乒乓球和羽毛球，在世界的体育竞技中，多年多次都获得冠军、捧过金杯；“蓝足”特指中国的蓝球和足球体育竞技还需长久重视和训练，才能卓显成效。

# 高端发展靠英才[①]

省市竞争抢人才，博士天地大舞台。
科研经费倍保障，年薪住房尤优待。
生产力强再创新，高端科技放异彩。
党政重视英才聚，国家发展光未来。

注

① 2018年6月25日，写在江西航宇新材料有限公司对引进的博士年薪可达200万元的抢人才战和峨眉钰泉桶装水创新发展，解决了世界性饮水难问题之际。

# 高铁飞[1]

云南高铁滇西飞，腾游苍海丽江水。
昆明三江瞬间往，神州四海半日回。
追求富强百姓盼，推动发展众心归。
如织交通党关爱，九七历程撒金辉。

① 2018年6月29日，写在中国共产党建党节“七一”97周年暨云南滇西“七一”高铁开通之际。

# 书香有声[1]

李花开放雪白佳，竹节梅骨方志发。
文墨馨香添古韵，驿云翻飞耀中华。

① 2018年7月4日，学习李志发老师灵秀书法、正气文章有感。向尊敬的志发老师学习、致敬！

# 祖国强盛 华夏子孙倍荣光[①]

## （二首）

一

祖国母亲、伟大的党，炎黄子孙为您欢唱。
您的强盛，带来安康，我们倍感荣光。
您的儿女，遵从教诲，紧紧跟上，
目标一致，永向前方；
不忘初心，牢记使命，努力发挥正能量。

十九大精神，犹如春风，
吹遍祖国大好河山。
宏图绘就，壮写半个世纪发展。
我们的未来，天天向上；
我们奋进，无可阻挡——
至二〇二〇年，全面建成小康；
前行至二〇三五年，
基本实现社会主义现代化模样，
推进到本世纪中叶，祖国更加兴旺隆昌：
富强民主文明和谐美丽的强国，
让世界人民惊呼向往！

新时代、新征程、新梦想，
祖国腾飞势不可挡！
十九大精神，主题明确响亮，极富内涵！
是雄文大作，是理论华章；
是华夏儿女复兴强盛的路标航向。
社会发展，超呼想象；

波涛汹涌，风云变幻；
辩证客观，满满的都是正能量。

我们这一代，是由贫困曲折发展，
逐步走到富有、再奔向小康；
经历科技发展、社会深化改革，苦旅征程不寻常；
生活方式显著改观，
家家用电、驾车，户户住洋房，
天天歌声嘹亮、生活餐餐营养并非天方夜谭。

我们曾经面朝黄土、挨过饥荒，
头顶苍天、劳作苦干，
经过磨砺、有过失望，
做过美梦、有过理想。

儿时有过“楼上楼下，电灯亮、电话响，
西装革履”好期盼。
大了也享受过呼机、手机掌中玩；
接着看过电视、电脑的魅力之光。
深深感到：
中国特色社会主义的优越，在祖国大地上的辉煌；
也更加知晓了社会主义需要漫长的初级阶段。

尤其是中国发展超乎想象、威武雄壮：
航母建造速度惊人、乘风破浪，
扬帆四海、驶向辉煌的彼岸！

几十年间：
下海（潜艇）入地（地铁），

上天（飞机、宇宙飞船、人造卫星）观光，
旅游通畅自由来往，追逐梦想！
网络交流、视频亮相——
集结了华夏龙人的智商！

从当年脚走、肩挑、骑车闯荡，
到如今驾汽车、乘高铁、坐飞机出行便当；
从漂洋过海环球旅行，
到旷世缥缈的网络游玩——
无不振奋、无不惊叹！
一生经历了跨越千秋华光，
生活品质天天向上！

从童年书声琅琅，
到两鬓斑白，银发苍苍；
从跳皮筋、推铁环，
到坐高铁、游遍祖国秀美河山，
我们激昂，心花怒放。

我们渐渐年迈，但福禄无边、心安体强：
退休待遇越来越好，
养老金、各种补助年年增长。
追求美好生活，我们将新时代
高声赞美，放声歌唱！
我们知足长乐、倍感幸福荣光。

社会稍有不平，
但我们基本生活无忧向上；
世事暂有不公，

但我们依然自豪乐观；
常有辛劳，却为了国富家强，
为了子孙后代健康成长！
小有苦衷，总还对得起人生一场。
历经艰辛，却能苦尽甘来、生活美满！

我们齐心协力、携手向上，
笑对人生、放飞梦想！

我们还搭乘上了高科技发展的末班车——
乘高铁、聊QQ、发微信，健康快乐每一站；
做网购，心爱物品送身旁；
打滴滴，专车接送自动付款；
加团购，吃住打折也便当；
常聚会，同学老友叙旧拉家常，
谈天说地倍欢唱！

知足吧，知足常乐好时光，
知足吧，知足幸福永安康，
知足吧，知足就能天天欢，
实现人生价值观，
保重身体享安康。
为中国特色社会主义增添正能量！
让健康、快乐、幸福永远伴！

**二**

辽阔的海疆、美好的河山——
郑和下西洋、世代在巡逻、天天在守望，
滴水不予、寸土不让！

中国“天眼”成为全球射电望远镜，
宇宙的声音我国能倾听查看！

中国港珠澳大桥顺利合龙[②]
震惊全球工程不断亮相。
中国人独创的技术，一天更比一天强！
中国一带一路经济全面启航，
惠及国内外人民，前进道路绝不会退缩畏难！

中国长安号列车威武雄壮，
长达百节的货运列车宛如长龙一般，
展示中国科技力量。
今年4月12日习总书记阅兵海上，
鼓舞士气扬我军威树我形象，
48艘战舰舰阵如虹、江流澎湃，
遨游深海、白浪滚滚、劈波斩浪；
76架战机振翅高飞，
搏击长空、翘首穹苍；
万余名官兵正气高扬、护我海疆！

这壮美航迹，
是新时代人民海军的豪迈亮相，
是凝聚了近70年来人民海军的不懈成长。
彰显了党的十八大以来，
建设强大的人民海军的巨大力量。

中国建国以来所取得的成就，
渐渐被越来越多的世界人民体会赞扬：
“看到你多么伟大，多么刚强”！

我替你骄傲，我为你荣光！

很高兴，我们能生在这样一个时代，
很高兴我们能亲历，这历史壮阔波澜。

所以，未来，我们还需要继续砥砺前往，
直到完成那必将到来的，
中华民族全面伟大兴旺。
这个过程，需要大家的一份力量。

携起手来吧，华夏的炎黄子孙们：
中华的复兴、人民的梦想，
我们共同筑牢祖国的万里江山，让母亲世代繁昌！

① 2018年4月20日，深刻学习党的十九大精神感悟。
② 投资1千亿元人民币、全长55公里、使用年限120年。

# 古云南杯[①]

榆州棋赛古云杯，彩云华鑫战鼓擂。
善战枭雄得霸主，快刀英杰显神威。
贺国鹏张冠亚季，凤虎龙腾健儿飞。
洪章发达铺锦绣，国棋耀眼闪金辉。

① 2018年10月1日至2日，参加在祥云鑫达大厦举办的“首届‘古云南杯’大理州象棋邀请赛暨祥云县青少年象棋赛”的组织及裁判工作有感。

贰

# 光阴韵叹

Guangyin Yuntan

游記河山壯
飽覽華夏昌
鞭笞假丑惡
張揚正能量
唱響好時代
抒寫新輝煌
韻嘆風雨路
錦繡古雲南

长征精神代代传

# 建国六十周年颂[1]

## （三首）

### 一

礼炮声威震天响，国旗招展迎风扬。
华灯璀璨民欢喜，明月高照国富强。
河山欢歌四海涌，华夏乐舞五洲荡。
喜看今朝江山美，欢庆来日幸福长。

### 二

锣鼓欢声震天下，五星红旗映彩霞。
祖国历程步步美，神州大地处处花。
大海腾波扬帆远，山川劲舞贺国华。
今朝创建宏业图，来年再展江山画。

注

① 2009年10月1日，是中华人民共和国成立60周年喜庆日子，祖国取得了许许多多辉煌成就，为祝福国家不断发展壮大，永远屹立于世界民族之东方，让人民过上美好的幸福生活，以感怀祝贺！

# 圣　诞[1]

圣诞节日谁狂欢？平安之夜国心伤。
八国联军侵华夏，国人如今耻难忘。
西方科技要学习，洋教圣诞应思量。
中华文明五千年，传统节日永载扬。

注

① 2017年12月24日。



# 祖国好[1]

金龙腾飞捷报频，神州焕彩四海春。
家家兴旺乐洪福，人人喜庆享安宁。
民族和谐事事顺，彩云长天日日新。
亲朋好友相祝福，春夏秋冬满真情！

注

① 2012年3月。

# 金龙献瑞[1]

玉兔送福普天欢，金龙献瑞大吉昌。
心领挚朋多关爱，神会好友添彩光。
欢庆祖国百业旺，巧绘神州七彩扬。
盛世今朝求大同，祖国来日奔小康。
彰显雄才韬略力，展望中华蓬勃番。
每逢佳节思远景，恳愿国人年年欢！

注

① 2012年1月23日，春节。

扶贫攻坚换新装

# 明月辉耀[1]

一片落叶
寄托思念
感恩大地
曾经孕育翠绿

一轮明月
挚友仰望
两节同庆
共唱神州康宁

一个信号
告知朋友
心灵相通
终必点石成金

一场秋雨
浇醒国人
欲固岛礁
惟须众志同心

一支神箭
飞天对接
九天揽月
彰显科技引领

一艘潜艇
超深探险

五洋捉鳖
施展蛟龙本性

一艘航母
承载中华
惊涛拍岸
乘风驶向大平

喜迎“十八大”
党代盛会
隆重召开
彩绘祖国振兴

注

① 2012年中秋有感。9月30日是中秋节，10月1日是国庆节，两节同庆。中国共产党十八大于11月8日召开。祖国喜事连连，人民幸福安康，祝福祖国不断取得辉煌业绩。

彩云明珠古云南

# 中国象棋教练员培训[1]

## （二首）

### 一

棋友缘聚彩云南，技艺切磋教练班。
信安荣敏新年棒，国师精讲中华强。
展现国粹千秋史，学研演考满堂欢。
传承厚重棋文化，攻守有道天下传。

### 二

车马炮兵相仕帅，舍身亡死为国安。
布中残局连生死，起迈迂步慎思量。
车马炮兵前赴继，将帅亲征宫顶还。
中国象棋博精巧，东方文化闪金光。

注

① 2018年12月15-17日于春城，参加中国象棋初级教练员首届培训班有感。



# 山居换新颜[1]

月冷星稀照柴门，雨打风萧愁缠身。
山高坡陡行路难，屋漏房空饮水肩。
运差智慢读书浅，水低地高箐长深。
病残弱困吃穿少，生存乏力步维艰。
家穷志坚梦富有，自我发展乐勤耕。
幸得祖国党关爱，精准扶贫助帮添。
习习春风暖大地，层层行动易地迁。
感恩盛世政策好，政畅助推小康圆。

注

① 2018年10月，2019年3月分别于祥云县下庄镇金旦村，米甸镇黄草哨、插朗哨村。

# 马航失联痛人心[①]

## （三首）

### 一

三月八日凌晨醒，马航客机失联惊。
二三九人机上载，一五四条华人命。
中马奥美齐觅救，全球人民盼安宁。
多国领导特重视，组织力量大搜寻。

### 二

马来航班三七〇[②]，飞行疑坠印洋心。
机身残骸黑匣子，人影音讯无消息。
机艇空海探测器，黑匣声波有感应。
使用高科金枪鱼，多次下海觅踪音。



### 三

洋阔浪高海深奇，寻找难度倍艰辛。
齐心搜寻何所惧，协力探究马航情。
世界难题谁破解？高科技术要研新！
时常关注搜救果，哪天才会得佳音？

① 马航失联，造成中华154条生命失踪，党中央国务院非常重视，与多个国家搜救，通过长时间、大面积搜救，仍无音讯，机上239人下落不明。深深感到生命可贵，世界各国关注，高科技搜救有待发展。2014年4月29日遂写感怀。

② “370”是波音客机航班的编号。

# 马擒单士[1]

七步擒拿有定式，退中将军进捉士。
不论士逃何位置，退肋河边宫顶驰！
跃奔炮台定将位，前进将军必捉士。
如若不知此妙法，循环往复费心思。

注

① 2019年1月18日。



# 聚祥云[1]

大年三十庆丰华，亲友欢聚小博雅。
珑玥乖巧语呀呀，丹娜懂事顶呱呱。
淑娇娴慧亲友乐，佳玲聪敏邻里夸。
周良勤劳忠厚人，晚景同建睿园家。
英生正气豪情涌，退休担当精力佳。
国强任劳苦中乐，族亲共享幸福花。

① 2013年春节。爱人退休后，仍做祥云县延安精神研究会会长和祥云县白族学会会长工作！



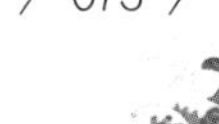

# 好人雨衣哥[①]

广西南宁成鸿哥，暴雨骑车陷井窝。
冒雨坚守无盖井，一心苦盼师修合。
雷锋精神得点赞，身边楷模应高歌。
人间善事无大小，城市好人倍增多。

① 2014年6月16日，广西南宁城中遭暴雨袭击，市民邓成鸿骑车遇险情，守候井口半小时，让他人绕开暗井而行，后被监控视频录下，受到媒体和市民称赞。倍受感动，于2014年6月25日。

# 职工之家领头雁[①]

工会主席名闻远，心系工人事事先。
爱厂如家领头雁，维权敢张百姓声。
关心职工得酬劳，告上法庭有尊严。
现代企业求发展，管理制度要健全。

① 2014年6月27日下午7点半，在祥云会堂观看《咱们的工会主席》。

# 恩师杨本清[1]

人生难得期颐春，尊师九十又四龄。
眼明脑清体康健，耳聪思敏谈笑盈。

少时读书勤耕耘，怀抱家国殷殷情。
投身革命不惧险，艰难从容留足印。

品高行美成楷模，身正德范铸师魂。
教育世家人才济，园丁辈出硕果馨。

参政议政著文史，献计献策为人民。
光荣离休发余热，乐撰志书载乾坤。

岁月如歌人情暖，光阴似箭童颜心。
盛世中华山水秀，运圆尊师百年春。

师生萦怀时光老，往事凝结海天情。
苍松翠柏枝叶茂，江水清长万古瀛。

注

① 在2019年新春佳节之际，看望我读初中时期的语文教师杨本清，今年高寿94岁。

# 聚昆明[1]

节送春风拂人心，马到成功添秀景。
亲人团聚新春城，阖家五载同欢欣。
彩云山珍味道美，滇渝菜肴口感新。
畅叙小康千般好，欢歌盛世万年春。

① 2014年春节聚昆明与长女张馨家团聚过年。2月1日（大年）初二弥勒行，初三澄江禄充行，初四云南野生动物园。

# 澄江行[1]

澄海风光景色幽，水清沙净数一流。
笔架山高冲天起，车水马龙奔前游。
祖孙三代赏美景，阖家一行赞不休。
禄充休闲好去处，中外游客喜心头。

① 2014年大年初三到澄江禄充游。湖光山色，海浪沙滩。美景如画，感慨多多。

# 弥勒行[1]

## （三首）

### 一

一家数代弥勒行，两驾三亲起祥云。
观光天下弥勒像，欣赏贵地风土情。

### 二

庆云聪颖拜佛游，珑玥机敏连叩首。
长辈关爱辛劳事，爸妈抚育暖心头。

### 三

爷奶阿婆伴孙游，全家欢快乐悠悠。
孙女嬉戏绕圈转，小妹追姐突调头。

注

① 2014年春节初二弥勒行。当时孙女珑玥只有15个月，但机灵可爱，模仿力强，围着圆桌追赶庆云姐姐。

# 回倰才·江中游[1]

江边兴步如梦游，不觉登舟上高楼。
万里江天涌不尽，无限风光世代流。

注

① 2017年11月22日。

# 云南野生动物园[①]

## （二首）

### 一

云南野生动物园，珍禽异兽多而全。
黑熊灰猫金丝猴，麋鹿羚羊长臂猿。
大蛇老龟变色龙，金鱼虾蟹盼食添。
黑白天鹅相喜戏，鹈鹕鸬鹚舞翩跹。
大象熊猫身体健，游客观赏赞美言。

### 二

兽王山庄管控严，游客前往重安全。
黑熊狮虎节目演，翻杠滚球谢客前。
犀牛角马长颈鹿，各类动物好休闲。
华丽孔雀数千只，多彩游人相依恋。
园区大广景点美，乘车观光醉游人。

① 2014年春节，我们全家人前往昆明与长女张馨家团聚过年。2月3日，游览云南野生动物园。

# 沧源行①

## （四首）

### 一

沧源崖画谷壁间，历史悠久三千年。
原始生活百态图，佤族先民万象典。
狩猎祭祀翩跹舞，采集活动欢乐阗。
早红午淡晚变紫，古画千秋沧海颜。

### 二

王志杨洋友谊深，边贸口岸福缘生。
热情接待当向导，印象深刻润心田。
清水河岸留佳影，永和边界话尊严。
祥云白会工作好，考察学习写新篇。

### 三

四天考察南走廊，临沧耿马过双江。
翁丁民俗摸你黑，佤族文化博物馆。
世界佤乡沧源县，历史悠久文脉长。
情投意合董棕树，相生同死永成双。

### 四

彩云骄子泽友强，品高力宏创辉煌。
修建广厦千家富，矗立鸿基万民欢。
祥临物管四海涌，云沧飞腾五洲扬。
高朋好友相呼应，豪情壮志绘华章。

注

① 2012年4月7日至10日，前往沧源考察学习佤族文化。

# 元 谋[①]

## （二首）

### 元谋人

时空远古万物联，恐龙灵性百兽生。
人类起源发祥地，云南元谋远祖先。
狩猎驯养磨石器，制陶烧炭建家园。
古人化石惊世界，文物遗迹流芳远。

### 元谋土林

一百五十万年前，海洋陆地大变迁。
地壳运动火山发，自然奇观美妙生。
古堡殿宇佛塔林，恐龙大象壮汉牵。
玉女观云虎狮斗，壮士怒视剑削天。
石英玛瑙云母片，强光照射七彩添。
土林宝库魔幻境，鬼斧神工雕琢成。



注

① 2014年4月13日-16日，到元谋（参观了元谋博物馆、元谋土林）、禄劝、武定、永仁、大姚石羊古镇等地学习观光。

# 过禄劝[1]

## （三首）

### 一

禄劝地美族欢颜，罗婺神鼓舞蹁跹。[2]
车水马龙人稠密，江河溪涧水相连。

### 二

乌蒙绵亘群山抱，诸峰耸立鬃岭险。[3]
轿子雪山乐尼白，天池瀑布柱千仞。[4]

### 三

旧城改建换旧貌，新区开发展新颜。
掌鸠河湾添秀景，屏山宝地谱华篇。[5]



注

①《南诏野史》载：“禄劝蛮名洪农碌券”。元代，赛典赤主滇，嫌“夷名不雅”改碌券为禄劝，禄劝一名由此而来，并延用至今。此外，“禄劝”为彝语“罗好知”的译音，意为有坚硬大石头的地方；另境内过去曾是少数民族统治的部落，后来封建王朝以官禄诱劝其归服、故名禄劝。

② 根据禄劝彝族传统礼仪舞蹈编排的“罗婺神鼓”，在2003年、2004年第五、六届“昆明国际文化旅游节”上，荣获两届国际民族民间鼓舞大赛银奖。

③ 鬃岭：指乌蒙诸峰中的最高点马鬃岭。

④“乐尼白”是一个山清水秀、土地肥沃、美丽富饶的地方。彝族人将乐尼白视为彝族的发祥地、祖先地和灵魂归宿之地。类似通俗语言香格里拉之意，世外桃源。

⑤ 屏山镇是禄劝县人民政府所在地。2014年4月15日路过禄劝县。

# 武定狮山[1]

## （三首）

**一**

雄狮高瞻气势宏，骚客才俊文采丰。
建文苦难隐居地，武定名山潜卧龙。

**二**

建文帝君遭劫难，叔棣燕王逞凶狂。
靖难之役夺皇位，锦囊妙计解忧亡。

**三**

流落他乡风云岸，漂泊江海烟雨滩。
帝臣密友四十载，龙狮往事千秋传。

**注**

① 2014年4月15日，与祥云白族学会成员一行游览武定狮山。狮山雄伟俊秀，历史文化厚重。典故引人入胜，风景气候迷人，是览胜的好去处。给人们留下无限的遐想。

②“靖难之役”：明太祖把儿孙分封到各地做藩王，藩王势力日益膨胀。他死后，孙子建文帝即位。建文帝采取一系列削藩措施，严重威胁藩王利益，坐镇北平的明太祖第四子燕王朱棣起兵反抗，随后挥师南下，史称“靖难之役”。1402年，朱棣攻破明朝京城南京，战乱中建文帝下落不明。同年，朱棣即位，即明成祖。第二年，改元永乐，改北平为北京。1421年，迁都北京，称北京为京师，南京为留都。靖难之役，是明朝开国皇帝朱元璋死后不久爆发的一场统治阶级内部争夺皇位的战争。

# 过永仁[1]

## （二首）

### 一

国家典型日光城，清新雅丽万物生。
光热土沃雨充沛，物阜民丰文蕴深。

### 二

滇川北门咽喉地，西南夷道永仁园。
绿色环保生态县，彩云腾飞和谐天。

注

① 2014年4月15日路过永仁县。永仁文化有：新石器文化、滇西彝家建筑文化、夏氏故居和夏家大院文化，有中山公园和烈士陵园文化，有太阳文化、生态文化、饮食文化和各种风情文化积淀深厚。



# 开心游[1]

## （四首）

### 初冬乐

好友相邀游兴浓，最爱彩云染飞虹。
人文景观多奇秀，历史花芳趣无穷。

山高水长烟雨冷，松苍柏翠枝叶红。
览胜观光长见识，旅山游水乐融融。

## 重游武定狮山

狮山路遥水重重，寻幽探秘登险峰。
原始森林古木盛，参天大树枝叶丰。
拔地刚正冲天起，霄云直上数苍松。
千秋灵龟载史迹，万代雄狮舞文风。

## 黑井古镇

禄丰黑牛几千秋，风吹雨打不回头。
奋蹄耕耘终不悔，为民护江乐悠悠。
灵源普泽润四海，画荻芳徽藏九州。
文人进士源泉涌，武家大院奇境幽。

## 姚州古城

光禄古镇姚州府，云南历史占半部。
九爽七公八宰相，三王一帝五侯出。
马赵三步两道台，英才辈出尤光禄。
风水宝地蕴贤俊，历史名镇永千古。

注

① 2017年11月29日，冬览云南楚雄姚州府、黑井古镇、武定狮山。武家大院平面和空间设计内涵有：六位高升，四通八达，九九归久，王藏其中；九十九间房，一百零八道门；咸丰皇帝题写旌表："画荻芳徽"大门额头匾，以示表彰。雍正皇帝题写"灵源普泽"封赠，悬挂于大龙祠内，是雍正皇帝对当年黑井盐水惠泽天下的评价。

# 石羊古镇[①]

## （三首）

### 一

石羊古镇历史悠，白井盐丰世代流。
西汉凿井明清盛，历朝制盐司府收。
商贾云集金宝地，盐都风起车马稠。
名镇盐文兴万世，香河烟雨载千秋。

### 二

石羊多彩文化苑，孔庙恢宏底蕴深。
孔子铜像彰文渊，万世师表育后人。
圣集大成命自立，翰林进士科甲连。
举人贡生将军第，太史经魁白井颜。

### 三

封氏节井雕画渊，展现当年风雨篇。
博南古道马蹄印，盐泉历史石迹证。
香河夜月奇特景，特色小吃味美鲜。
孔庙像岭飘祥云，谷口横烟彩虹艳。

注

① 2014年4月16日，游览石羊古镇。民国初设盐丰县，明末清初是石羊产盐的鼎盛时期，曾有“盐都”之称。是云南省人民政府命名的首批三个历史文化名镇之一。孔圣铜像是“我国现存最早、也是最大的孔子铜像”。石羊古镇历史悠久，人才辈出，出过翰林2人，进士7人，举人600多人，贡生200人，还出过将军、太史和经魁。

# 骄子尹宜公[①]

## （三首）

**一**

亚溪骄子尹宜公，文盛古街一劲松。[②]
东陆入党抒壮志，峨弥引领当先锋！[③]

**二**

黑云压城志如虹，赤心为国独有雄。
组织农民齐奋发，抗战列强立丰功。

**三**

诗文书法花灯亮，民歌著作华夏红。
小河淌水响中外，东方夜曲穿时空。

**注**

① 2014年5月2日，与朋友、家人同行于密祉，游览了小河淌水，参观了尹宜公故居和国民政府在密祉的行政办事处，受到深深触动。

② 亚溪：弥祉的一条溪水；文盛街：原为古驿道上的一个中转站叫马食铺，后皇家督学到此，了解此地人才荟萃，文官武官不断涌现，则建议将马食铺改为文宫镇，后改为文盛街。

# 神泉珍珠涌①

密祉珍珠泉，清凉富甘甜。
神灵常护佑，贵人见珠连。

注

① 2014年5月2日密祉行，参观了小河淌水、神泉—珍珠泉。

珍珠泉：有神灵守佑，泉深约三米，方形口四边各长2.5米，之所以得此盛名，因有如下特点：一是具有乡村园林建筑特色。二是水质清纯，由地底层冒出的天然矿泉水冬暖夏凉，洁净清甘、爽口，常用它制作豆腐、豆粉、甜米酒、酱菜，无论外观色泽、品质都很好。为全密祉市场及县境内外消费者所青睐。三是出水量大。四是一年四季都有一串串珍珠泡源源不断从井底升腾水面，大旱之年，亦然如此，不会干涸。珍珠泡在早晨和挑水晃动时较多。为什么有珍珠泡，现在无法考证。特别要说的是，珍珠泡在遇到贵人观看走动时冒得最多。



# 扁鹊济世长①

德技双馨众口称，悬壶济世誉满天。
妙手回春克顽疾，扁鹊除魔在人间。

① 2013年8月，全家致谢弥渡名医李泽。

# 小河淌水清悠悠[1]

## （三首）

**一**

小河源头景色幽，溪流河畔飘杨柳。
鹰飞鱼跃鸟群戏，人欢铃响马帮稠。

**二**

小河淌水历史悠，溪长涓涓向东流。
千秋不息滋四海，万代经久润五洲。

**三**

小河淌水静悠悠，珍珠泉水涌不休。
双桥连心锁水阁，槐树弯腰护溪流。[2]

**注**

① 2014年4月5日与亲友游览了小河淌水源头地，流水清幽，景色宜人，是一方风水宝地。

② 双桥：凤凰桥与现代桥紧紧相连建在一起，有古时水阁锁二桥；凤凰桥：是古驿道上极负盛名的古桥梁之一，桥身长约14米，宽2.1米，桥面全部用宽0.4米的长石条砌成，桥两边有石雕柱栏杆作防护。重建于清同治元年（1862年），造型精巧别致，中间的桥墩成棱形，向桥东西突出，犹如桥的两翼，名为“雁翅”，真正体现了“凤凰桥”的形态内涵。弯腰浓荫如伞的槐树已有680多年的树龄，虽龄高腰弯，但枝叶茂密、青春焕发，守护着小河淌水，开花季节，清香四溢，籽实是治疗痢疾的良药。

# 铁柱垂千秋[1]

南诏铁柱县镇宝，伟烈丰功蜚声高。
抒写地方民族史，铸就南诏江山牢。
白崖烟霞古今艳，弥渡文物中外骄。
立柱千秋因何在？建业万古民自豪！

注

① 2014年7月7日，与朋友家人一行到弥渡铁柱庙参观。



# 昆明圆通动物园[1]

圆通动物种类多，象狮虎豹绿孔雀。
斑马骆驼颈鹿闲，鸥鹭百鸟唱欢歌。
胡狼黑熊猴嬉戏，环境优美地缘阔。
游客如织管理好，老少观光倍快活。

注

① 2016年4月22日，与孙女雨辰、爱人丽英游览有感。

# 白鱼口疗养院[①]

## （三首）

### 一

省级工人疗养院，滇池鱼口湖滨边。[②]
面积占地八百亩，硬件建设数亿元。
星级宾馆明磊楼，光明磊落正气生。
设计精巧创意好，满院美景醉客人。

### 二

布局合理功能全，管理规范印象深。
古树参天松柏翠，环境优美风光艳。
奇花异境空气好，树绿茵草氧吧园。
昼夜涌流矿泉水，四季花香奇妙鲜。[③]

时光浪花

### 三

云南泳馆蕴新生，培育强手勇争先。
娱乐体检参活动，身心愉悦喜悠闲。
组织关怀润心田，领导厚爱情意真。
人生有幸能前往，感恩盛世美梦圆。

注

① 2013年7月21日至26日，祥云县教育局系统工会安排我们老教师一行39名中小学教师，到云南省工人疗养院休养一周，有所感悟。

② 鱼口：指滇池边白鱼口码头村，此地盛产白鱼，白色，类似抗浪鱼，肉质好，深受人们喜欢。

③ 疗养院所用之水是从地下2千多米深的地下抽上来的。

# 大理将军周保中[1]

## （二首）

一

大理骄子白将军，志坚气壮为革命。
一生忠诚共产党，百折不挠坚韧心。
抗日倒蒋全无畏，抛头洒血一腔情。
民族英雄千秋范，华夏将军万古名。

二

白子将军周保中，东北抗联真英雄。
黑水白山忘生死，文韬武略建奇功。
指挥雄兵齐奋战，打垮倭寇展雄风。
功业勋章满胸挂，中苏朝鲜情深重。



注

① 2014年5月23日，参观周保中将军纪念馆。

# 和棋友·无题[1]

风声水起美人生，楚河汉界敌友分。
品诗弈棋陶人醉，艺海荡舟养心神！

注

① 2019年2月10日。

# 喜洲严家文史香[1]

## （二首）

### 一

严家大院博物馆，历史悠久底蕴长。
马蹄烙印连天涯，先人足迹壮河山。
观光王国文脉地，风流翰苑畅轩香。
司马大夫豪杰第，经元商贾永昌祥。

### 二

严家大院历史悠，牌匾墨香满院楼。
茶马古道丝绸路，喜洲商帮贸易稠。
幻化大理白族魂，展显南诏经济流。
翰林进士书香远，含英咀华细品收。

注

① 2014年5月23日，与家人到大理喜洲镇观光有感。畅轩指杨畅轩宅；“永昌祥”是喜洲最大商帮严子珍的商号；日进斗金何足贵，腰缠万贯不张扬。

# 龙江大桥今奇观[1]

龙江大桥亚首居，二千四百七十一。
铁索斜拉跨南北，江水滔滔涌东西。
中华科技数一流，云南发展虎添翼。
建设康庄谋远虑，中央关爱惠民期。

注

① 2016年6月，红全发来过龙江大桥视频有感。

# 台湾宝岛行[①]

## （九首）

**一**

人生有幸到台湾，感恩国共绘华章。
雄鸡爱幼情意切，海峡两岸沟通畅。

**二**

高雄港湾观风景，情人桥上留芬芳。
千秋苦旅日月潭，中台禅寺仰佛光。

**三**

阿山姑娘美如水，邹族小伙壮如山。
美龄爱喝高山茶，馨香醒脑福寿长。

**四**

英国打狗领事馆，西子湾旁休闲庄。
垦丁奇景水上坡，猫鼻头上看大洋。

**五**

台东公园太鲁阁，峡谷断崖洞桥畅。
宝岛老兵修暗道，一生忠诚写辉煌。

**六**

地质公园野柳湾，沙雕美女现奇观。
品位属于五A级，海沙凸显千重浪。

**七**

自由广场气大张，端坐国父孙中山。
台湾故宫博物院，奇珍异宝赏不完。

**八**

士林官邸长龙山，蛟龙飞凤隐中央。
青山绿水天仙境，世外桃源国人赞。

**九**

难忘宝岛同行往，顺利平安人人欢。
炎黄子孙多努力，绿玉宝岛早回乡！

注

① 2013年3月，前往台湾旅游观光。

# 丘北行[①]

## （六首）

### 一

滇东南乡普者黑，风景名胜有特色。
候鸟天堂荷世界，湖泊林峰惠民泽。
天高谷深鹰飞难，桥险洞长君穿越。
白州儿女情意深，会访丘北爱舍得。[②]

### 二

清风清爽清心悦，好山好水好人杰。
白族儿女重研学，扶贫攻坚探秘绝。
祥丘相距七百里，研讨工作一天结。
相互学习友谊重，共话白族姊妹情。

### 过砚山

告别清幽湖光波，前往文山麻栗坡。
途经砚山新县城，中餐小憩见闻多。
嫩白土瓜味道美，橘黄青香解馋渴。
体验当地风土情，生活甜美暖心窝。

### 麻栗坡印象

麻栗坡县映象深，河道两旁高楼连。
游人如织车龙马，热闹繁华小县城。
朝阳宾馆打理好，安全实惠眠香甜。
早点丰盛回美味，热情周到春风生。

### 老山精神万岁[3]

老山精神万古芳，自卫还击千秋传。
勇于献身除豺狼，甘愿捐躯固南疆。
兄弟洒血山河壮，将士杀敌豪气扬。
英雄无悔眠高地，人民幸福永安康。

### 砚山宜良情

同窗学友心相连，万水千山情意牵。
祥云儿女重考研，文山宜良出俊贤。
丽英齐贤读云大，普常双慧同教院。
人生难得相关爱，旅途惟念友情深。

① 2015年前往丘北。游览了普者黑风光；过砚山，住麻栗坡县城；瞻仰麻栗坡陵园，祭奠祥云英烈李光连、段学旺、李兴旺、崔文福；到达老山顶峰，进行爱国主义教育活动。

② “舍得”是丘北县的一个乡。

③ 大力弘扬以爱国奉献为核心，不怕苦、不怕死、不怕亏的精神是老山精神。

## 乐树仁[1]

秋风润化黄草坡，
华光映照楚长河。
春暖花开落碧玉，
实满山欢谱新歌。

① 2019年春节，藏名诗，于祥城。

# 红色基地新庄村[①]

秀水青山好风光，沃田绿野花果香。
春风吹遍千山翠，阳光照耀百花芳。
党政村民立大志，杨家国宏创小康。
农民转变新思想，公农联营谋发展。[②]
建设两馆教基地，承先启后赶图强。[③]
八十年前红军难，火种燃遍小村庄。
惩恶除霸得解放，分田均地百姓欢。
红军鲜血染新庄，长征精神永传扬。

① 2016年5月1日，参观宾川县新庄村有感。

② 新庄村在杨应显（蒲国宏）的带领下成立了公司加农户的农村建设新模式，投资开发项目多，建设前景广阔。

③ 新庄村成立了红军长征博物馆、农民博物馆、红色文化教育基地等。

# 贺云南驿镇象棋协会成立[①]

云驿古镇演兵场，中国象棋逐鹿王。
分会成立培俊秀，前所未有闪星光。
上下联动党政重，左右开弓雄才展。
棋花国粹争春放，纯新荣茂吐芬芳。

① 2019年2月8日于祥云。

# 龙脉家园山水长[1]

脉地岔沟好风光，山高水长田园庄。
核桃林果连遍野，鸡鸭牛羊满山冈。
陈氏发祥巴蜀地，子孙繁衍世代昌。
勤俭耕读人才涌，建家立业幸福长。

注

① 2016年12月3日，到米甸岔沟大脉地。



# 程海润黎民[1]

云南第四大湖泊，水清鱼跃白鹭多。
生物科技制螺藻，强身健体祛病魔。
祥云赤子研考多，永北历史底蕴博。
边屯文化现眼底，梅开英华咏诗歌。

注

① 2014年11月23日参观永胜县的军屯、民屯文化，浏览了程海湖光山色。

# 春游巴蜀滇古国①

## （三首）

**一**

金鸡唱晓瑞气腾，时光璀璨锦绣添。
陪妻带孙游山河，走南闯北览川滇。
渝都永垂解放碑，抗战胜利历史深。
川都气候尤独特，熊猫基地国宝生。

**二**

四川潜龙涌江天，三国演义结桃园。
千古君臣武侯祠，刘备孔明帝王渊。
飞机双铁大轮船，海陆天空皆乘遍。
巴山蜀水赏不尽，人间美景乐无边。

**三**

祖国春风醉田园，神州河山展笑颜。
古滇神奇出瑰宝，云南独有绘新篇。
禄丰世界恐龙谷，化石遗址二亿年。
人类发展千秋远，地球演生万古连。

注

① 丁酉年正月十一日，春节间旅游观光有感。于博雅蕴新。

# 九寨情[1]

## （三首）

### 一

九寨千古悠悠情，五 A 景区醉人心。
鱼在天上游美景，鸟乐水中飞嬉戏。
瀑布飞花水帘洞，唐僧师徒取经行。
峡谷风光数不尽，天上仙境阿坝存。

### 二

九寨传说振人心，古羌战歌响古今。
文成公主尤可敬，松赞干布连皇姻。
大唐辉煌谋深远，汉藏壮举一家亲。
格萨尔王英雄气，斩妖除魔吐蕃兴。

### 三

阿坝汶川地震频，游客身觉山崩惊。
现代实景高科技，万套舞械创意新。
三千立方大洪水，排山倒海向下倾。
声光电气全方位，视觉盛宴撼人心！



注

① 2017年4月，九寨行。

祖国山乡满星光

# 金蛇舞[①]

**（四首）**

**一**

癸巳新春喜讯多，捷报频传山乡乐。
十二生肖金蛇舞，干支轮回奏凯歌。

**二**

航宇科技敢突破，北斗探密新生活。
遨游太空登星球，揽月高天舞嫦娥。

**三**

讴歌党的十八大，民生民意举上着。
高举旗帜迈阔步，攀登科峰勇探索。

**四**

传统文化大融合，载歌载舞翩跹乐。
人民生活天天美，国家发展处处歌。

注

① 癸巳年春节（2013年2月10日）。

# 春夏秋冬万物生[①]

## （四首）

**一**

萌芽春天蕴物芳，绿荫夏日放清香。
凋零秋景断愁肠，枯寂冬至冷冰霜。

**二**

孩童梦想游蓝天，少年英武志向远。
青春正午扬风华，壮志凌云闯征程。

**三**

暮鼓晨钟惊鸿雁，秃枝嫩芽吐新生。
老骥伏枥志千里，灵猴献瑞兆丰年。

**四**

苦缘难遇梦友牵，花开叶落有歌声。
惟有海角幽香韵，独向天涯痴心人。

注

① 2015年12月28日，思人生成长。

# 春潮涌[1]

金猴献瑞千祥来，春风送暖百花开。
长城内外满美景，祖国上下多俊才。
炎黄子孙洒热血，神州儿女抒情怀。
家家户户庆丰年，老老少少享康泰。
千秋佳节今胜昔，泱泱大国彰异彩。

注

① 2016年2月8日，向亲朋好友祝福春节美。



# 中秋吟[1]

人生漂泊几十年，中秋佳节盼团圆。
咫尺天水在相望，情酬难为恨此身。
思乡念友浓情苦，奔月嫦娥意志坚。
天上明月千秋照，水中影像万代生。

注

① 中秋佳节有感，2016年8月15日。

# 云之韵[1]

丽水流清音，弥云蕴景新。
华芳遍苑红，玉碧满山青。

注

① 2016年4月23日，好友欢乐在弥渡山庄玫瑰园，发来微信。有感而作，写成回文诗。

# 无　题[1]

平凡人生路艰难，岁月流淌刻时光。
忙碌无为花甲至，奔波哪知鬓染霜？
清风有意拂海面，明月无声照人寰。
苍穹点点闪光亮，老树枝枝蕴馨香。

注

① 2016年8月，诚谢好友多关爱！

# 中元节祭奠[1]

## （二首）

### 一

中元时节祭灵王，缅怀先辈祖业光。
亲友虔诚齐叩拜，阖家薄酒表心肠。

### 二

晴朗天空雨打窗，刹那天晴放阳光。
家燕翻飞满电线，精灵私语任翱翔。
中元节祭难此景，在天晓知报恩欢。
优良美德尤继承，高尚精神永相传。

注

① 阴历七月十三、十四日回米向家祭祖，此节称中元节。今年节中时空变化无常。时而风雨大作，时而阳光灿烂、空气清新。不知哪儿来的群欢家燕（俗称春天的燕子）翻飞，嬉戏叽喳落满电线，难得的景致。2016年8月15～16日。

# 大　雪[1]

大雪难见雪花仙，阴霾寒冷犹雪纷。
时令天公本如此，自然道法有回声。

注

① 2018年12月6日，大雪节令有感。

# 白露尝新双节庆[①]

彩焕云南喜相连，金秋白露寒气升。
一天多雨有阴晴，万事难料慎当先。
波罗村庆尝新节，彝家欢歌醉丰年。
米乡遗产底蕴厚，地方特色独有真。

① 2016年9月7日，是农历二十四节气之一，每年9月上旬交节，代表天气逐渐转凉，阴气逐渐加重，清晨的露水随之加厚，凝结成一层白色水滴，所以称之为白露。时逢此节，米甸波罗村举办尝新节，庆贺五谷丰登，人民幸福安康。

# 血脉永延续[①]

时光倒流思前缘，亲人情浓脉相连。
往事依稀添愁绪，美意纯洁润心田。

① 2016年10月8日。

# 往事悠悠情[1]

斯人尽添时光愁，柳君重登龙门游。
滇池烟雨谁看透？云南往事注心头！

注

① 好友17年后重游西山，发来微信后有感。2016年5月25日。

# 平台展欢颜[1]

亲朋好友情谊牵，网络平台展笑颜。
大小要事相关爱，听看分享共乐天。
人生知己常惦念，岁月有情流甘泉。
党国民声正能量，厚德载物著诗篇。

注

① 2016年6月12日。

# 林海欢歌[①]

成就鸿业正鼎兴，
大显身手云岭行。
林茂山青百鸟聚，
海阔天高满眼春。

注

① 2018年9月11日，游卧龙庄园有感。藏头诗。
山好水好大林好，天新地新彩云新。

河山壮丽好风光

# 大理四景[①]

大理风姿分外娇，轻柔舒美灵动腰。
幽香花艳惊世界，绚烂容光竞妖娆。
苍山雪白千秋洁，川流玉碧万古高！
洱海月明乾坤朗，白州沧海涌波涛。

注

① 2018年6月20日。诗藏风花雪月。



# 诗意人生[①]

## （二首）

### 一

愚君识浅非诗郎，偏缘痴心爱眼馋。
学诗写意真情在，随机应变韵味强。

### 二

时光浪花添乡愁，激越飞溅涌心头。
回首往事情依旧，笑看今朝水东流。

注

① 2017年5月24日。

# 龙润行·贵知音[1]

时光倒流恋往情，
风雨同舟乐坷行。
人生苦难皆由命，
挚友知交肯用心。
宗贵荣丽话桃源，
泽兴科英焕彩云。
辉映祥光四海涌，
耀中瑞华五洲新。

注

① 2018年5月8日，诗藏：宗泽辉耀，贵兴映中。荣科祥瑞，丽英光华。

# 赞好友卢盛昊[1]

卢氏汉君滇中王，
盛国良臣梅芳香。
昊天新纪英才涌，
强业鸿基世代昌。

① 2018年5月27日，藏头诗。卢汉曾是滇中王，国良、国臣、国梅是卢汉之子女；卢盛昊是卢家晚辈。

# 在云南省阜外心血管病医院住院有感[①]
## （二首）

一

红玫馨香尤意浓，绿柳轻扬乐春风。
五华新区机声振，沙河金川财源涌。
老树新生喜美景，啄鸟神医张群雄。
心管远端会诊棒，云南阜外医正红。

二

中科医院北阜外，历史声誉响世界。
云南阜外心管院，滇省北阜联平台。
面向西南东南亚，打造世界名品牌。
博士研生聚一堂，主任专家鼎尖才。
高科医治心脏病，尖端技术放光彩。
专家员工精细道，患者家属乐开怀。



注

① 2018年3月20日于昆明江东花园四季园。

卫生事业面貌新

# 医生是把伞[①]

开放收拢总关情，遮风避阳挡雨淋。
平淡张合随君起，铁骨剑气一身轻。

注

① 2018年3月21日，于云南省阜外心血管病医院。

# 志高远[①]

远志之家喜安康，
新星令堂福寿长。
孝友作范四海咏，
道德为师五洲欢。

注

① 2018年5月，致宗亲“邹远新孝道”为其母亲过生日。

孝友传家懿德范

# 启明星①

博士担当重万斤，
培育人才苦用心。
主题明确思路畅，
职业生涯启明星。
公益讲座为人民，
案例论谈道真经。
优选规划大学梦，
扬帆远航阔海清。

注

① 祝贺宗亲邹远新博士主讲“大学生职业生涯规划公益讲座”在高层平台讲授成功，反响强烈！2018年8月20日于祥云。



# 别　愁①

离梦时光苦心焦！骚人雅士知音少？
人生红尘如过客，功名浮云随风飘。
忽闻柳君恋故旧，尤叹根脉诉苍老。
扁舟沧海何时岸？漂泊茫茫水迢迢！

注

① 2018年6月23日，因好友回祥，感怀多多。

# 修身养性大理行[1]

## （六首）

**一**

耄耋阿爸一身轻，长驻叶榆逸养心。
朝仰苍山添锦绣，暮俯洱水荡波清。

**二**

客居南楼观世故，怀揣古典咏风云。
文献名邦史悠久，风花雪月本真灵。

**三**

柳飘溪溅红龙井，鱼欢鸟唱贵客行。
三月街市千秋旺，四海生意万般兴。

**四**

蒋公祠著白文化，两督宗汉帝赐鼎。
玉洱公园景如画，金鲤腾渊翠锁云。

**五**

五华楼台国史富，千秋霸业雄气馨。
苍洱欢歌奇花艳，垒翠源深蛟龙吟。

**六**

兵马元帅总管府，文秀兴亡载碑林。
白州文化精博远，厚重脉源流古今。

注

① 2018年4月28日—5月3日、6月10日-16日，到大理古城弟弟红全“古森源茶具店”修养有感。

# 回友人·苦难乐①

乐翱蓝天乐思量，不惧狂沙不畏难。
情笃缘起朝夕处，恩深爱在岁月藏。
神思遐想腾云路，天清气爽耀星光。
天佑鲲鹏命运济，月照河山乾坤朗。

注

① 2018年5月27日，感怀。



# 诗咏怡志园①

怡志园雅花木香，蜂飞蝶舞斗艳妆。
荟萃画魂陶人醉，博雅墨韵吐芬芳。

注

① 2018年6月，祝贺好友：怡志园雅久馨香。

龙翔公园气象新

流水山乡景诗画

# 浪咏情丝

Langyong Qingsi

耕耘數載痴
泥香化玉詞
擔當肩責任
學范鑄名師
海闊探珍奇
淵深覓濤詩
諄諄師教誨
聲聲詠情絲

降龙治水都江堰

# 同学情[①]

## （八首）

**一**

洪德国志少丽芳，朝云祥珍生炜光。
福星健玉琼萍兰，俊尧明声玉芳香。
凤伟旺庆立琦琇，国贤聪明彩体安。
增春林宪忠鑫华，芬菊德式高尚良。

**二**

洪才兴邦领雁欢，昌德文瑞鸿图展。
国兴民丰年年乐，志向高远处处强。
少帅青挑建行长，丽美教育硕果香。
芳雅钟爱为国安，朝阳多岗写辉煌。

**三**

云霞飞舞七彩芳，祥惠云龙美家乡。
珍藏洪福天天乐，生活愉快月月爽。
炜张才气监理站，光照河山家国强。
福厚白州状元郎，星光闪耀桃李芳。

**四**

健美兴旺中外闯，玉光瑰宝古今藏。
琼爱教海育新苗，萍治百病亲友康。
兰蕴财富福禄长，俊守德光美名扬。
尧天舜日梨花香，明照红坡建洋房。

### 五

声振家安百业旺，玉福润美彩云南。
芳草青青乐田园，香馨浓浓喜悠扬。
凤翔彩云墨宝香，伟铸鸿基思断肠。
旺达多才美景秀，庆贺家昌福禄祥。

### 六

琦实勤劳谋发展，立志图强家境宽。
琇美兴家喜盛世，国游教海苦奔忙。
贤俊文博书法美，聪达志强金山灿。
明营青海展新颜，彩艳装点新华堂。

### 七

体高创业七百庄，安康家庭福绵长。
增能朴实大业展，春暖大地百花香。
林深鸟语清幽境，宪章校园蕴芬芳。
忠诚朴实苦中乐，鑫海书山风采扬。

### 八

华光映照教海畅，芬芳飘香书声朗。
菊芬花香润心田，德英福瑞秀波川。
式禹教书育人棒，高天阔海任翱翔。
尚兴从军保家国，良朋好友祝安康。

① 祥云一中75届高12班同学56人，毕业于1975年7月16日，至今40年，为记同学情，让同学友情永远传扬，特作藏头诗纪念。良取梁的谐音，特指同学梁建萍。2015年7月16日。

附：同学名录

杨　洪　文德昌　朱建国　杨国志　赵少苹　吴丽芸　吴秀芳<br>
范朝阳　姜肃云　李祥惠　钟允珍　褚明生　张　炜　余国光<br>
熊文福　廖震星　杨美健　杨光玉　张永琼　薛玉萍　王会兰<br>
吕守俊　梁　尧　庞正明　杜家声　杜正玉　肖汝芳　李有香<br>
宝凤杰　段政伟　杨国旺　李永庆　杨立志　杨　琦　杨　琇<br>
邹宏国　王仲贤　杨聪达　赵有明　杨兆彩　张体高　曹华安<br>
李增能　李培春　钱有林　董宪国　董兆忠　杨　鑫　董光华<br>
单琼芬　李菊芬　李德英　王式禹　邹　高　普尚兴　梁建萍

# 学友情深[①]

## （二首）

### 一

同窗两载聚彩云，离别廿八心相映。<br>
欢欣今朝重逢日，追忆往昔相帮情。<br>
喜知学友层层进，乐贺诸君步步新。<br>
党政军民显才智，工交文卫建功名。

### 二

奋斗征途崎岖行，沉浮荣辱心宁静。<br>
艰难探索磨砺志，困苦创新抒豪情。<br>
精彩生活成金曲，优异业绩耀门庭。<br>
美好人生如诗画，同心谱绘中华兴。

① 2003年11月祥云一中七五届高中同学聚会于祥城和大理。原载《岁月如歌》。

# 同学四十年聚会[1]

## （三首）

### 一

年年岁岁花重艳，岁岁年年情谊深。
回想当初读书时，欢声笑语响耳边。
天真活泼无猜忌，美好时光花季年。
人人好学勤奋起，个个钻研成绩升。

### 二

尝尽千辛万苦甜，看透世间百态人。
光阴易逝催人老，卅年弹指一挥间。
鑫海庄园相欢聚，彩云波川留笑颜。
学友见面实难得，珍爱相惜每一天。

### 三

荣华富贵皆为缘，苦中有乐才是真！
人生纵有冲天劲，身心不良枉然生。
物以类聚归心田，人乃群分共乐天。
祝福好友多珍重，二零二五再相见！



注

① 2015年7月26日，祥云一中75届高12班同学聚会在祥云县刘厂鑫海庄园，到会同学34人：杨洪、赵少苹、吴秀芳、杜家声、梁尧、董兆忠、李永庆、吴丽芸、姜肃云、杨国志、宝凤杰、杨光玉、范朝阳、杨崇达、邹宏国、杜正玉、薛玉萍、王会兰、熊文福、钟允珍、张体高、王仲贤、李培春、董宪国、董光华、钱有林、王式禹、杨美健、褚明生、张炜、庞正明、李增能、杨兆彩、朱建国；嘉宾3人。吴秀芳爱人喻国安司令员、赵

少芊之母、杨洪之妻。座谈会上，同学吴丽芸主持会议，班长杨洪发言，有特邀嘉宾喻国安司令员讲话，邹宏国作聚会感怀发言，李培春作代表发言。座谈会气氛好，发言积极，畅谈风风火火40年。回忆高中两年时光和班主任及老师们的谆谆教诲，历历在目，感慨多多。聚会报告了本班同学联谊会会费收支情况和使用意义，聚会圆满成功。

四十载聚会念同窗

镌刻生活永恒故事
铭记人生金色年华

# 恩师情长[①]

## （七首）

### 一

和蔼可亲王嘉佑，教学功底深而秀。
凭手画圆作直线，数学技法数一流。

### 二

语文教授王福邦，人品高尚知识宽。
字词句段精讲解，文采飞扬满堂欢。

### 三

政治师长马树昌，思想品质不一般。
班务工作做得好，高十二班乐向上。

### 四

化学老师李万林，治学严谨理念新。
循循善诱学海路，孜孜引领书山径。

### 五

授课独到赵炳荣，中外史地相贯通。
图文并茂语气好，形象生动记胸中。

### 六

物理教师何绍辉，年轻活泼形象美。
教学有方同学赞，知识丰富硕果累。

七

赵碧董藩英语强，中外汉英讲流畅。
唐凯永年曾任课，师形教诲永芳香。

注

① 2015年7月26日，祥云一中75届高12班同学聚会在祥云县刘厂鑫海庄园。感怀当年给我们授课的各位老师。

# 四十二年酿佳醇[①]

高中毕业又一春，同学相思话友情。
红煜饭店一篮菜，绿色庄园百味新。
家属支持靓女至，好友可亲司令临。
红莲丝香织锦绣，黄莺声美歌文明。
青海湖畔留佳影，黑发鬓角染霜云。

注

① 2017年12月17日。

# 群花香[①]

周氏合族百花芳，
琼枝玉树子孙昌。
云腾高天鸿图展，
川流大海蛟龙翻。

注

① 2019年春节，藏名诗，于祥云。

# 聚会茈碧梨园[①]

金秋时节好风光，学友欢聚茈碧庄。
苍山起舞迎友笑，洱海翻波送情欢。
三十三载重相聚，共念友谊话安康。
人生有价勤奋起，定有家家事业昌。

注

① 2008年国庆节聚会在洱源茈碧庄。原载《岁月如歌》。



# 小聚彩云人家[①]

红土坡头刚贺喜，彩云人家又相聚。
爱心点点表切意，关怀微微送真情。
群鸟声声歌盛世，百花朵朵吐艳馨。
携手同铺幸福路，联谊互助华安君。

注

① 2011年11月6日，祥云一中75高12班同学26人，小聚在祥云县城,红土坡庞正明同学家和清华洞“彩云人家”。

# 答好友张惠业·祝词[①]

张氏贤才同云大，惠风和畅关爱佳。
业基宏大追高远，书法豪放绚如霞。
画境抒情寄山水，丽日和风暖万家。
英俊人生几十载，芳菲事业展才华。

① 2009年10月，藏头诗，于博雅蕴新。

# 附：贺 宏国丽英贤伉俪[①]

## ——长女完婚志庆

仰宗德，赖先范，
效法耕读福源广。纵横天地宽。
彰雅化，扬美名，振雄风，
新枝挺拔入云端。喜庆普天欢。

观月人　己丑秋建国六十年之际

① 2009年10月，张丽英之云南大学同学张惠业先生（曾任宾川县委统战部副部长），贺匾祝词。

# 雁声清[1]

鱼游江海腾波惊，鹰飞蓝天喜佳云。
车水马龙物潮涌，天寒雾霾雁声清。

注

① 2014年2月18日，与友人小聚随感。

# 附：友和•无题[1]

邹忌风流不及师，宏图非谋只为痴。
国强岂只靠良将，家富还需蕴新思。

注

① 虞嘉云好友发来祝福诗。曾是我的学生，有才气。2014年2月20日。

# 和积善·蜓荷情[①]

一枝独秀映荷塘，风吹雨打流清香。
啁啾群鸟歌问候，潇瑟秋风话悲凉。
蜓荷晚秋乐厮守，贫淡相依表心肠。
痴心伴着荷叶舞，随风飘飞入云端。

注

① 2017年11月16日。

# 聚小桥[①]

## （二首）

### 一

小桥流水乐鱼虾，好友喜聚银秀家。
品尝多种原生味，畅叙师生旧年华。

### 二

品高志远银秀优，学堂代课三十载。
癸巳喜逢国招考，强手闯关夺上游。

注

① 2014年2月20日，与前所附中学子小聚在小桥张银秀家。祝贺银秀在民办教师岗位上坚守工作30年，成绩优异，积极响应党的号召，参加民转公考试，通过招考竞争顺利转为公办教师。

# 壁虎生[①]

人生境遇殊，过往方知苦！
顺时皆同福，逆来各异疏。
壁虎十载情，知己百年呼。[②]
人心思话语，友爱难糊涂。

注

① 2014年4月23日感悟。

② “壁虎”：出自壁虎故事。一条壁虎不幸，被装修工钉住尾部十年不死，是因另一条壁虎历尽艰辛、不离不弃衔食守候，这是多么难得的精神境界！



# 相聚欢[①]

## （二首）

### 一

故园三十二年前，师生求索苦中坚。
今朝回味欲见面，往昔流光难等闲。

### 二

挚朋好友在相望，总盼良机聚时光。
人生往事常浮现，碧海浪花涌心上。

注

① 第一首于2014年5月，回望前所附中师生情长，但因相互忙碌相见难；第二首于2016年4月。同学朋友常联系，但很难找到相聚时光。

# 祝友人[1]

流浪天使志气高，博雅蕴新为君骄。
滩险涛惊何所惧，风吹浪打不动摇。
彩云凤凰飞万里，丽日梅花香九霄。
乘风破浪会有时，得来美景在明朝。

①“流浪天使”“博雅蕴新”为网名。2014年9月18日。

# 谢解难[1]
## （二首）

### 一

君解困难乐担当，吾将关爱铭心上。
蜂飞田园因何在？寻觅甜蜜为友欢！

### 二

李花开放百花芳，红黄蓝紫荡清香。
琼浆玉液精酿成，美酒茗茶润心肠。

① 2014年5月1日，因同事顶替我值班，感触深深。诗藏李红琼美。

# 笑对人生[1]

人生难为大事成，但求风华有展现。
渴望拼搏泉流涌，伏枥耕耘春满园。
平凡事业乐勤奋，煮雨时光志更坚。
春夏秋冬尊时令，酸甜苦辣益延年。

注

① 2013年5月20日，人生艰难，与友交流。

# 花开有声[1]

天高云淡笑颜开，地暖花芳吐艳彩。
良朋问候存美意，知音绕耳悦心爱。
岁月匆匆染鬓霜，往事深深添愁怀。
情倾山乡连五湖，花开遍野香四海。

注

① 2012年8月28日，得到挚友关怀，内心激荡澎湃。留住心中知音，年年倾听花开。

# 云淡风清[①]

爱不在痛，真心永存。
情不言苦，笃实才行。
斯时斯世，惟君痴情。

云淡风清何时有？
莺歌燕舞待新春！
天若有情天亦老，
月如无恨月常明。

年年月月声声呵护，
朝朝暮暮点点经营。

无怨欢声绕耳，
有情笑语开心。
今朝愿白头，
来生恋知音。

注

① 人生磨难常然事，风吹雨打更坚心。2012年3月25日。

# 心性美[①]

高尚好友凝馨香，神牵梦绕见相帮。
同享酸甜苦舒心，共分忧愁乐担当。
点点关爱写真情，声声呵护咏芬芳。
安康和顺美无限，岁月流淌好时光。

注

① 2014年2月15日，与友交流。

# 清风影[①]

时光无影飘，浪花朵朵娇。
柔美拂海面，情深滚波涛。

注

① 2013年10月15日与友小叙。诗藏时光浪花，柔美情深。

# 风[①]

苍天眷顾韵情诗！晚秋落叶漂愁思。
为何暖阳涛声爱？缘由心结浪花痴！

注

① 2018年8月8日感悟。

# 向谁言[1]

家事琐碎烦恼添，工作生活无空闲。
颈痛眼花气难顺，精疲神伤苦心坚！

注

① 2014年2月18日。

# 意志坚[1]

爱洒黄土铺绿翠，情染红尘放青晖。
扬帆大海终不悔，读史观风听惊雷。

注

① 2014年4月30日。

# 无　题[1]

时光段子绣自由，社会百态染春秋。
五味杂陈真情在，谁知个中解忧愁？

注

① 2018年9月，感知社会，感悟人生。

# 新希望[①]

孩子如花芳，家人乃太阳。
沐浴暖阳光，蕴藏新希望。
处处奇花艳，年年好风光。
安享甜美梦，幸福阖家欢。

注

① 2015年5月20日，朋友之子考入重点大学，与友交流。



# 青葱年华[①]

青春靓丽蕴芬芳，风华正茂歌悠扬。
才思泉涌层层进，梦想飞升日日昌。

注

① 2014年5月4日，祝福好友前途无量，鸿图大展。

青海湖光满眼春

## 雁南飞[1]

北国冬寒冰雪天，南方水暖雁知先。
一路风雨咿呀唱，万里烟花肥美鲜。

注

① 2014年冬。

## 乙未新春复波川贤俊[1]

奇张北斗博弄风，
才如东坡诗泉涌。[2]
德旺南云千家富，
高达西滇万村丰。
文冠中华瑰宝库，
采通外国文化宫。
宽天古郡蕴贤俊，
厚地今乡腾飞龙。

注

① 2015年春节，老领导对我全家赞扬和祝福！特复诗感谢！
② 博弄，是（波那）的原译音。竖读也成诗。

# 附：乙未新春致波川俊贤[①]

邹张连理彩云南，宏丽璧合明珠焕。
国英才学双剑情，妙佳文气龙凤翔。

祝春好！高堂长寿，合家祥福！

注

① 小云南愚公张如旺谨致。

洱海之滨景独秀

# 附：乙未谷雨有感[①]

（赠邹氏一家）

一

春秋高贤邹忌能，善行良德旺家声。
承先启后长风起，天地人和寿福添。

二

邹张世代永向前，红丽金城雪琳真。
全君龙凤祥榆梦，德慧智勤展云程。

三

刘邹聚蚁传媒殊，建艾宏文耀明珠。
云青和合同舟行，俊秀凝心创鸿图。

注

① 深得老前辈张如旺先生关怀鼓励。

小湾电站福千秋

## 附：大理古城与乡贤俊杰相聚①

叶榆大理逢邹君，常青树畔话乡情。
诗传宏雅国风吟，颂扬难当愧心境。
佳节佳人佳话传，古城古森古道行。
园里春秋天地阔，栈中冬夏祥和清。
四代同堂筑一梦，兄弟姊妹义胜金。
妯娌相得姑嫂贤，同舟共济波浪平。
七彩波川家声旺，腾龙起凤代隆兴。

注

① 2015年5月1日，弟弟红全在大理文献路新开“常青树”客栈，张如旺先生光临指导！



## 附：张老赠诗①

### （赠邹氏一家）

吟诗唱和逐浪高，字斟句酌细推敲。
瞻前顾后统酬好，理顺义通涌春潮！

注

① 诗意拟人化，体现兄弟亲友情义，很有价值！难能可贵！张如旺先生作与2015年5月5日。

# 常青客栈缘[①]

## （答友人）

德厚长辈心性贤，爱帮亲友乐助人。
如铸才情诗学富，客栈长青枝叶艳。
贤俊品高苍洱秀，旺勋瑰宝云南现。
先辈赏光得明志，后生学舟刚启程。

① 乙未年“5·1”节与友人张如旺、寇铸勋在大理古城相遇，承蒙两位长辈关心，赠诗泼墨祝贺“常青树客栈”开业。答谢吟，2015年5月3日。

# 附：常青树[①]

## ——赠红全

常怀厚德心性贤，青气润泽善和仁。
树扎红土根深远，祥杆壮枝茂叶艳。
苍山钟灵佑俊秀，洱海瑞兆福星现。
梦追大业智勇信，圆满全家展云程。

① 张如旺先生回赠藏头诗“常青树祥苍洱梦圆”。2015年5月4日。

# 答友人[1]

## （仿诗二首）

### 一

学诗酬唱逐浪高，字当词精靠推敲。
写景抒情藏美意，押韵对偶涌春潮。

### 二

学诗酬唱逐浪高，字当词精藏瑰宝。
诗意双关催奋进，音韵自如乐美妙。

注

① 2015年5月5日。



# 附：答宏国文友论诗吟[1]

李杜诗篇万古高，贾岛情痴一字敲。
浩然放眼碧空尽，东坡抒情卷惊涛。
唐宋风韵贯千秋，毛体独绝大气豪。
吾辈凡人些小品，发乎自然心冶陶。

注

① 张如旺先生回赠。老领导博览群书、饱读诗书词赋，对中国古代伟大诗词名人、现代伟人成就作了极高评价，并能以游子自谦，谦虚谨慎，与我普通人交流，实让我受益匪浅，深深敬佩。2015年5月8日。

# 友之韵[1]

友，
如花。
情谊深，
百草英发。
开在红土地，
清香飘柔幽雅。
君把祝福深藏下，
愿你年年生根发芽。
春风吹拂随时光成长，
夏雨滋润含苞怒放鲜花。
秋月满满光彩艳丽果实大，
冬雪瑞化万物灵动喜迎春霞！
爱洒沃土精心呵护花艳满山崖，
周而复始百花芬芳国强家富年华。

注

① 2015年6月。

祥云古城金印象

# 明月千秋照[1]

钱江潮水涌连天，海上明月共运生。
苦想江天情永驻，望断江水梦难圆。

注

① 2008年中秋节。

# 采桑子•友情浓[1]

真正情意清香涌，
形影交融。
总有相逢，
点点暖流驻笔中。

人生快慰诗藏巧，
天地相通。
祝福情重，
韵味悠悠贯玉虹。

注

① 2014年5月。

# 友声香[1]

真诚朋友怎难忘？天涯海角胸中装！
声声祝福谊无限，点点关爱情绵长。

注

① 2009年教师节。

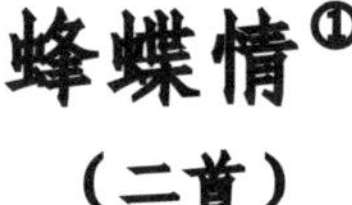

# 蜂蝶情[1]

（二首）

一

夏日百花遍地香，蜂飞蝶舞斗艳妆。
有心勤蜂酿蜜忙，无意彩蝶扮花芳！

二

花红草绿遍地香，风吹雨打怎畏难？
蜂飞阡陌酿蜜甜，蝶舞九天为谁忙？

注

① 2012年5月15日，因病住院，得到亲友、同事看望。

# 日月长[1]

友如太阳古今辉，情似月亮圆缺璀。
阳光雨露河山笑，明月清风彩云追。

注

① 2013年3月。

# 花香远[1]

年年岁岁花香浓，岁岁年年友不同。
时光如水东流逝，青春犹莲晚谢红。
情深谊重香幽潜，地老天荒芳华融。
雪雨风霜皆笑对，岁月蹉跎乐无穷。

注

① 2013年春节。

# 四季美[1]

春光明媚百花芳，夏雨滋润万民欢。
秋风送爽红叶秀，冬雪播撒银素装。
团结和谐好环境，兴隆发展美家乡。
天然奇景飘彩画，祥光辉耀焕云南。

注

① 2010年春节，祝亲友：春夏秋冬福寿安康。



# 莺燕欢[1]

## （二首）

### 一

风和日丽百花芳，家兴国盛族亲昌。
莺燕翻飞歌美景，老少欢欣乐安康。

### 二

衔泥迁居春正暖，筑巢建房日初长。
莺歌燕舞风剪柳，草绿花芳雨梳杨。

注

① 2012年新春，时逢好友迁新居。

# 路难行①

海上扁舟远漂泊，风吹浪大惊险多。
自强面对重重浪，主挽狂风苦苦波。
满腔热血点点爱，百川溪流声声歌。
自信人生三百年，天道酬勤慰心窝。

注

① 2013年10月，给女儿信。

# 乐心间①

对对红联，
抒写春天喜气生。
声声爆竹，
述说盛世安康年。
朵朵花香，
传递节日美好天。
点点烛光，
祈祷新春吉祥愿。

① 2014年春节。

# 秋风韵[①]

一年一度，秋风送爽！
接纳祝福，分享清凉。
珍重尊严，德行荣光。
献身所爱，享受安康。
彩云骄子，志高力强。
宏图伟业，引洱济祥。
工业发展，金龙飞翔！
育人环境，提速改观。
教师待遇，有所好转。
学府待迁，跨越难关。
世纪新城，诸葛寨山。
拔地宏楼，匡州气象。
今朝彩云，幻化霞光。
锦绣前程，万众称赞！

注

① 2013年9月11日。点燃胸中火炬，光照四海通达。

# 敏瑞河山[①]

张扬正气倍乐观，
敏达新思蕴芬芳。
荣兴朝阳米川富，
光耀河山彩云欢。

注

① 2019年春节，藏名诗，于祥云。

# 大鹏振飞[1]

逆风翻飞苦征程，暴雨狂沙志更坚。
胸怀高山凌云志，身藏峡谷豪气生。
大江流声歌奋进，巨浪滔天咏飞腾。
经风历雨终不悔，羽秃体伤总甘甜。

注

① 2012年2月，回侄女信。



# 相知悟[1]

健康成长天赐福，知足常乐乃财富。
信任相帮存德厚，关爱有加真呵护。
祝福心通海内外，牵挂音连天涯路。
人生一世无知己，寿高百岁叹孤独。

注

① 2013年12月，与友人小叙。

# 时光曲[1]

时光璀璨染秋红，浪花激越醉春风。
丝丝祝福寄情浓，点点美意留心中。
祈福亲友登高远，欢歌知己绘长虹。
美梦成真惊飞雁！文采飞扬乐无穷。

注

① 2012年9月，与友分享好时光。

# 桂飘香[1]

悠悠桂香润心房。殷殷情意山水长。
圆圆明月藏秋韵。恳恳心声话安康。

注

① 2013年10月1日，回好友牵挂。

# 艳美大自然[1]

## （二首）

**一**

日月有情放明光，山川无意着绿装。
雪里红梅傲冬艳，园中紫燕衔泥欢。

**二**

一轮暖阳化冰霜，十分好景美心房。
百业兴旺随汝意，满山花放为君香。

注

① 2013年8月，祝贺好友登征程。



# 锦绣前程[1]

不管身心在何处，无论周天咋波苦。
面对困境轻轻步，笑迎佳音点点福。
阖家老少添喜庆，满门紫气腾富足。
春暖花香惹人醉，幸福阳光洒满路。

注

① 2013年11月，给学生的回音。

# 路漫漫[1]

日子犹如爱读难合香书。
人生仿佛踏上无回长路。
朋友缘因相识共赢财富。
家人修成终生可靠支柱。
立稳家人柱看完这部书。
牵着亲友手走好人生路。
打好当下谱编织五彩图。
步步迈坚实唱响心中曲。

注

① 2013年10月。

# 庆丰年[1]

除夕不夜天，山乡尽欢腾。
国强民富足，华兴族团圆。
爆竹声声响，新岁朝朝甜。
盛世硕果累，旺年美梦真。
家家增福寿，户户涌财源。
人人争奋进，个个展鹏程。

注

① 2014年春节。

元谋土林史悠悠

# 红尘梦①

珍惜岁月真诚久远情相牵。
时光闪耀亲朋好友倾心声。
平凡人生风吹雨打志更坚。
天道酬勤千辛万苦总甘甜。
追寻美梦诸多往事浮眼前。
爱洒教海波涛滚滚锦绣天。
感恩知己天涯海角常相念。
铭记挚友高贵品质润心田。

注

① 2013年12月。



# 和友·中秋夜①

天上一轮才捧出，人间万众早举目。
我心亮洁如日月，君胸博雅胜李杜。

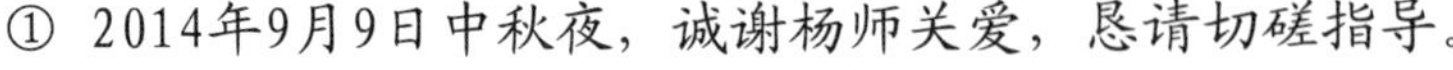

① 2014年9月9日中秋夜，诚谢杨师关爱，恳请切磋指导。

## 附：中秋夜[1]

天上一轮才捧出，人间万姓举首看。
我心皎洁与君共，祝福团圆夜珊阑。

注

① 2014年中秋夜，收到好友杨运先生发来的祝福。



## 和光辉•好时光[1]

龙游大海喜江渊，鹰飞高山爱蓝天。
千江水暖千江富，万里云程万里生。

① 2015年中秋节。

## 附：好时光[1]

千江有水千江月，万里无云万里天。
若无闲事挂心头，便是一年好时节。

① 中秋节，东山中学张光辉老师发来信息共贺佳节。

## 缘　音[1]

云岭小吃遇良朋，游子老城聚情浓。
九九重阳登高远，篇篇妙文赞杰雄。
雅楼放眼云天外，生军巾玺郁国东。
山珍海味藏厨艺，伯牙琴音托飞鸿。

① 2015年10月21日，聚 “云岭小吃”有感，诗中藏七位好友名。

## 附：和宏国·缘音[①]

三杯酒两杯茶
四五个老友
畅谈家国天下
闲情野鹤

青稞酒菊花茶
逢重阳思重阳
就几句话
把酒品茗赞国华

注

① 2015年10月24日，虞卫东。



## 教师节感怀[①]

鲲游大海翻波澜，鹏飞高天任翱翔。
赤子满怀青云志，祖国绽放绚彩光。
挚友常念当年事，佳节更添乡愁肠！
时空天水路苍茫，坎坷岁月著华章。

注

① 在教师节之际，与学生、好友互勉，分享快乐。2016年9月10日。

# 答卫东·致礼[①]

## （二首）

**一**

香茶醒脑清心，好酒善解人情。
缘音常种福田，欢歌飘飞彩云。

**二**

情。
缘音，
神佑行。
伯牙痴情，
子期永犹存！
恨弦断爱意明！
鸟飞千山为何因？
花开馨香醉蕴甜蜜。
古楼春秋彩云辰美景，
三五挚友喝茶品酒唱吟。
谈古抒今瞻远巧绘彩云新，
高山流水黄河奔腾史海流云！

注

① 2015年10月26日。

# 答谢吟①

千里关爱话退休，百忙拨冗惦工友。
书记主持好评价，主席赞同润心头。
同事知交情切切，阖家老少乐悠悠。
人生时逢好领导，教育发展更上楼。

注

① 2016年3月30日，在我退休座谈会之时，局长到清华大学学习，特发来短信祝贺，在此回信衷心感谢领导的关怀！



# 和建军·贺退休①

（二首）

## 一

春风送暖柳万枝，老树蕴青展新姿。
冬去春来年年绿，莺歌燕舞声声诗。

## 二

钟爱杏坛一辈子，培育桃李尽情痴。
今思蓬荜享天伦，晚喜花苑斗艳姿。

注

① 2016年3月31日，答谢好友杨建军先生。

## 附：宏国先生退休①

### 一

春风渐暖花万枝，柳绿桃红尽妍姿。
一别正务操爱好，归去来兮好提诗。

### 二

一步杏坛四十年，兢兢业业在人前。
今朝得享天伦乐，伉俪齐吟魏武篇。

注

① 2016年3月30日，杨建军。

## 登书山①

读书微云起泰山，步步登高步步攀。
书山有路勤为径，学海无涯趣作舫。
将军专家领航者，古籍名典遍研香。
从幼放飞云天志，科峰顶上摘皇冠。

注

① 在教师节之际，与学生、好友互勉，分享快乐。2016年9月10日。

# 满堂欢[①]

老父喜过重阳节，九九登高迈期颐。
儿孙满堂同祝享，寿星赐福答谢悦。

注

① 2016年10月9日，是重阳节，也是老父81岁生日，儿孙满堂为其祝贺。寿星体健乐悠悠，赐福答谢众亲友。

# 致贤婿[①]

难为贤婿解翁心，时光风雨苦中经。
大好春光万马急，修行正道百业兴！

注

① 2016年8月24日。

## 附：致泰山[①]

寿近古稀神态烁，鹤发童颜满面春。
心宽气爽易福寿，家境和睦晚年安。

注

① 女婿九翔。

# 杨柳青扬[1]

杨花柳丝飘祥云，风吹万绿遍地春。
芳草开心微微笑，老树吐蕊朵朵新。

注

① 2016年7月，致好友回祥云。

# 致侄女[1]

李蕴芬芳喜亲人，甜美歌声颂党恩。
天佑大医事事顺，使者风采处处生。

注

① 2017年7月赞侄女“李甜天使”在临沧市医院，参加“七一”活动受表彰。

# 贺三合居士[1]

三合居士棋艺高，八杠战场舞龙刀。
过关斩将凯歌还，驱车挺炮马啸啸。

注

① 2018年11月14日于祥云。

# 爱人生日[①]

人生又过一冬春，身心健康值千金。
五十八岁过生日。老树吐蕊蕴芳馨。
家庭合睦事事顺，岁月如歌日日新。
生活幸福乐无限，晚景安康享天伦。

注

① 2016年6月15日，祝福爱人生日快乐。



# 贺云锡技校同学毕业41周年聚会[①]

云锡技校同寒窗，七个专业八个班。
四十一年喜相逢，苍洱之滨倾情欢。
丽英雯汉秀勇忙[②]，吃住行游愿担当。
天龙八部留佳影，大理数景胸中藏。
喜洲蝶泉三塔棒，洱海普陀四季芳。
百鸟苑中莺燕舞，满堂歌声喜悠扬。
追忆当年青春梦，醉美夕阳学友欢。
祝福盛世同龄人，各家安康幸福长。

① 2018年11月2日，丽英同学聚会感怀。

② 指组织者丽英、王雯、张文汉、李秀华、牛勇五位同学；“百鸟苑”指榆南苑中的大花园。

# 小聚欢[①]

## （二首）

一

苍洱风光喜悠游，古滇鱼府聚好友。
发旺永琼邀相见，群友文采话不休。
满堂俊秀歌盛世，老树新叶扬枝头。
时光短暂情未尽，微信平台展歌喉。

二

前所鸿雁高飞翔，三十春秋展彩光。
爱生乐教激情涌，尊师重学正气扬。
苦寻渴觅赛考场，明拼暗赶冲前方。
神州大地根深茂，五湖四海吐芬芳。

注

① 2016年7月1日。

# 跟谁说[①]

虽为祖辈也梦痴，想将家事料理实！
花甲将至空悲切，人生过往有谁知？

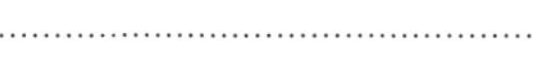

注

① 2016年8月22日。

# 神州美景长[1]

灵猴腾云斩妖魔，乾坤风雨敢拼搏。
良机时运百姓赞，春暖花开大地歌。
爱犬忠心为明主，神鹰翱翔越天河。
金珠献瑞蕴沧海，山欢水笑咏华国。

注

① 2017年1月28日，除夕之际，“祝福灵猴、雄鸡、玉犬、金猪”年年好。

# 无　题[1]

桂园飘香硕果累，百花竞放蜜蜂醉。
回想师生寒窗苦，欣喜凤凰彩云飞。

注

① 2018年7月4日，与祥城镇初级中学43班段贵元等同学分享快乐。

# 赞棋友[1]

少帅厮杀居上流，大鹏腾飞占鳌头。
古滇苍洱风云骤，老将出马斩敌酋！

注

① 2018年11月，赞棋友吴斌获白州象棋锦标赛优良佳绩和棋友杨孝鹏夺得白州锦标赛冠军捧得金杯。

# 呵护真情[①]

呵护是一杯美酒
即使宴席散
韵味深长幽香甘甜

呵护是一个美梦
纵然岁月流逝
朋友心声常常萦绕梦牵

呵护是一片蓝天
哪怕在寒冷冬季
关爱下依旧感到暖流心身

呵护是一泓源泉
涓涓流淌曲折蜿蜒
清澈明亮波光潋滟

呵护是一块礁石
屹立在大海之滨
任风吹浪打久经考验

呵护高尚 纯洁 深远
不分年龄 距离 时间
常挂心田
心手相牵

海浪山花泥土
小草蝴蝶云天
千秋物种和谐共生

注

① 2015年10月18日。

## 贺同学乔迁①

聪达力强迁新居，亲友同学前贺喜。
大厦建盖数一流，华堂装修尤大气。
经坡典籍蔚人文，青海月痕映眼底。
伍家村兴春光媚，八方财富拢云集。

注

① 2018年3月5日，高中同学杨崇达喜迁新居。房子建在其老家伍家村本宅，面朝青海湖，与晒经坡为邻，新居大气，装修好。

# 群友乐[1]

祥城一中卌三班，国书有缘乐担当。
数语物化良师导，春夏秋冬优生班。
岁月歌甜卅载乐，师生情长合群欢。
梦圆盛世英才涌，翘首群花吐芬芳！

注

① 2018年7月4日，与祥城镇初级中学43班同学共勉，其乐融融。

# 缘[1]

缘
韵深
酿芳芬
情绵香甜
蜂飞蝶舞恋
苍风苦雨同乘
匆匆又过几十年
命运捉弄苦心难言
世事兴衰眨眼变浮尘
人在沧海光阴逝如云烟
……

注

① 2018年3月14日，于祥城博雅蕴新宅。

# 无　题①

请君慎把苦言藏？尤将诗心放宽广！
干事为民乐本职，修词酌句品芬芳。

注

① 2018年6月14日，回好友。

# 雨中泪①

邹氏雄才独占魁，
嘶吼山川万灵回。
龙腾江海波千转，
雨打情伤泪双飞。

注

① 2018年6月3日，献给宗亲邹斯龙——做一棵苍松。风吹雨打何所惧，长留清气在人间。

# 邹氏俊才蜚声远[①]

杰出人物邹远新，管理科学化精英。
栋梁矗立国重视，人才成长党关心。
业绩着著历险难，国家发展尤光明。
不惧科峰作贡献，千辛万苦总成名。

注

① 2018年6月6日，祝贺宗亲邹远新荣获国家最高奖！前途高远，事业长新！

# 英才辈出[①]

邹氏历代乐创新，宗亲四海展才情。
鸿愿科峰频捷报，凝重文采励后昆。

注

① 2018年6月7日，祝贺宗亲邹远新荣获由中国管理科学研究院学术委员会授予的“管理科学杰出人物奖”。

# 茶[1]

数载光阴缘珍茗？千秋自然孕茶精！
天赐古树佑人间，古董陈香留美名。
冰岛昔归老班章，玉液金汤涌甘霖。
人生若能常相伴，健康长寿一身轻。

注

① 2017年6月7日，好茶易得，知音难觅。

# 丝之友[1]

头锋身条眼独明，骨硬心善洁如银。
左右行走存德厚，上下穿梭著深情。

注

① 2018年6月12日，做人犹如缝衣针，丝丝紧扣密密行。

# 岩　松[1]

置身峰岩度生涯，迎风傲雪正气发！
骨坚枝强众人赞，电闪雷鸣倍风华。

注

① 2018年11月30日，与宗亲交流。

# 回疏梅淡影·金声之韵响九霄[1]

**一**

古代诗词李杜高，今朝言歌苦心操。
我为凡人些小许，情真流畅醉推敲。

**二**

古今诗词如浪潮，汹涌澎湃滚波涛。
现代新诗无定式，惟有律诗韵味骄。

① 2018年6月12日。



# 疏梅淡影[1]

疏疏柳丝透春波，梅梅盛开暖心窝。
淡淡芳香魅幽远，影影舞姿诗韵博。

注

① 2018年6月13日。

# 回王蕊医师·淡定①

完美之事稀，生活防躁急。
所失必所得，淡定养神力。

注

① 2018年6月15日。

# 祝福寿星百岁欢①

## —亲友晚辈敬上

### 一

人生难逢八十春，今朝老祖耄寿星。
族亲晚辈聚春城，同祝寿星添福音。
风起祥云飞万里，云岭缅邦留脚印。
八十春秋风雨路，暴雨狂风照前行。

### 二

自幼跟随万年兄，读书做人苦用心。
橡胶植物研究所，瑞丽边关著深情。
参加缅共人民军，艰难岁月献青春。
军医军务巧手做，为国为家求安宁。

**三**

归国就业驻昆明，煤气公司技术精。
热爱热心家国事，尽职尽责受好评。
白手成家点点创，抚育后代渐渐兴。
酸甜苦辣皆尝遍，苦尽甘来晚景明。

**四**

亲侄晚辈苦求学，关爱有加似母亲。
兰桂朵朵香枝头，张家个个长才情。
侄儿侄孙真情护，辛苦辛勤几十春。
睦邻亲友办要事，件件帮实献丹心。

**五**

喜览英老数十载，曲折传奇拳拳心。
高尚情操受人敬，傲雪红梅满眼春。
耳聪目明身体健，延年益寿享期颐。
家庭和美歌盛世，共与寿星乐太平。

**注**

① 2018年11月17日，弟媳丽君之姑奶张林英老祖在昆明举办八十大寿，为此，特代表族亲晚辈作诗祝贺。

海天碧蓝映朝辉

# 肆 花吟芬芳

Hua Yin Fenfang

尋覓中華光
追遠世澤長
詠物賦哲理
寫景吟芬芳
流水戀大海
高山仰天藍
朋友常聚會
花艷蕩清香

秀水蛙欢共乐天

# 喜相连[1]

经商有道福源广，发家致富财绵长。
聪颖丽君绣美景，叮咚洪泉润心房。
鸿业延伸国内外，新居又建彩云乡。
金城喜结新婚礼，艾青荣光登金榜。
亲朋齐聚歌盛世，高朋满座话小康。
城乡安居新气象，人民乐业美景长。
双星安康增福寿，满堂欢声喜气洋。
阖家兴旺不忘本，恩深伟大共产党。

① 2010年1月3日，弟红全家喜事连连，侄子金城喜结良缘、侄女艾青考上福建泉州华侨大学。

# 人生往事[1]

人生重情亲友欢，往事乐思凝芬芳。
追忆岁月铭教诲，感悟人生仰高尚。
祖德宗功流芳远，子孝孙贤衍庆长。
崇尚入新与时进，风节自律树德光。
心存古今往来事，人在长河墨宝香。

① 2013年9月10日，为父亲的《人生往事》序言而作。

# 父亲八十高寿①

## （二首）

### 一

人生有幸庆年华，严父安康耄耋加。
脑清耳聪肢敏捷，身强体健眼不花。
能说独行观洱海，勿需拐杖游三塔。
四代同堂相关爱，和谐家庭业无涯。

### 二

邹氏旺族喜相连，儿孙欢聚古森源。
同祝福星增高寿，共享安康益延年。
孝友传家祖根本，厚德载物孙绍贤。
关爱孝道家国事，和谐社会锦绣天。

注

① 2015年10月18日，于大理文献路，弟红全古森源茶具店，为父亲祝寿，亲友小聚共欢欣。



# 摇钱树①

品姿高贵秀雅绢，儿孙绕枝共乐天。
蜂拥蝶舞藏密意，风吹雨打滚财源。

注

① 2017年11月11日。

# 寿星安康[①]

邹氏阖家乐安康，旺族门庭歌甜亮。
中秋吟唱共产党，词曲连歌老少欢。
精神矍铄声气正，书法肥硕体力强。
九九耄耋福禄远，期颐年华寿星长。
主席光辉照四方，泽东思想永相传。
四代同堂歌盛世，万众齐心奔小康。

① 赞老父八十一岁，在大理弟红全家生活好，精神好。歌唱“毛主席的光辉照四方”，儿孙满堂乐开怀，录制信息，在微信上播放。2016年9月18日，于博雅蕴新宅。

# 邹族荣光[①]

难得族花芳，绽放正能量。
交流宗亲情，追远支脉香。
展示英才秀，弘扬祖德光。
不论生何地，无愧好儿郎。

① 2017年11月11日。

# 祭祖母[①]

## （五首）

### 一

祖母慈爱多善良，儿孙常梦音容详。
一生虽未读过书，但能识字一两三。
心灵剪纸能裁缝，手巧描花做事强。
积德行善邻里赞，肯为他人解忧难。

### 二

爱惜粮食好习惯，勤俭持家乐奔忙。
初一十五吃花斋，早晚烧香念佛安。
略通医理占脉好，土法治病众生欢。
祖母心存仁德厚，单方独剂代代传。

### 三

心存忧患意识强，晴带雨伞饱带粮。
天天防火夜防盗，时时安全放心上。
上山打柴防虫狼，爬树掏鸟会摔伤。
偷盗说谎是坏人，下水摸鱼防溺亡。

### 四

说话做事有分量，言到嘴边要停想。
人看从小有志气，马相蹄子腾远方。
教育子孙成大器，哺育后代进学堂。
修善布施做好事，通情达理响一方。

**五**

代代书声年年欢，缕缕清烟月月香。
难忘辛未零三年，期颐祖母别旺堂。
亲友睦邻齐悼念，儿孙满堂泪汪汪。
高尚情操恒久远，精神食粮永流芳。

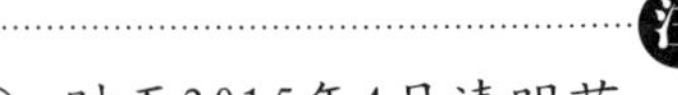

注

① 时至2015年4月清明节，为怀念我可亲可敬的祖母，写诗纪念。诗中部分内容，是祖母教育我们如何处事做人，另一部分是展现祖母一生综合能力的体现。给我们子孙后代留下了一笔宝贵财富。

② 祖母2003年1月1日辞世，享年96岁，当时家中已四代同堂。“旺堂”，隐藏着家父大名；“恒久远”，隐藏着叔父的大名。

# 赞老父挥毫喜迎春[①]

八十有三乐悠悠，挥毫泼墨写春秋。
彩云轻飞展美景，晚霞余晖暖波州。
儿孙四海张正气，宗亲满堂话丰收。
祖脉繁衍根深茂，长江黄河涌清流。

注

① 2018年2月7日。

# 念母亲[①]

## （七首）

### 一

慈母一生成茂兰，山川处处留清香。
互助合作高级社，困难时期苦奔忙。
伙食团里倍艰辛，每天只有几两饭。
国贫家穷物资少，田薄力单出粮难。

### 二

普溯兴底修水库，积极参与筑坝方。[②]
含辛茹苦育子女，饥寒交迫也无妨。
淘大孩儿六子女，奉献年华累也甘。
舂米磨面争着做，吃了上顿谋下餐。

### 三

烧火做饭家常事，一天两餐淡饭香。
养猪喂鸡天天乐，织布纺线年年欢。
生产队上干农活，盘田种地忙插秧。
春夏秋冬日复日，风来雨去难上难。

### 四

端午花线连三甸[③]，四季酒曲送云川[④]。
蔬菜种子家家买，祭祖灵包户户访。
甲马福帖年年做[⑤]，彩色米干天天擀[⑥]。
千辛万苦学手艺，早出晚归串村庄。

### 五

勤劳穷困挑肩担，养家糊口度时光。
投身社会勤向上，节俭持家变新样。
改革开放政策好，土地承包心欢畅。
支持严父创家业，抚育儿女渐发展。

### 六

茅屋修建许多次，燕雀筑窝家兴旺。
尊老爱幼睦邻里，赡养老人做榜样。
五好文明家庭户，阖家团结受表彰。
慈母贤淑多善良，孩儿家事挂心上。

### 七

母亲眼花血压高，病磨多年身心伤。
住院治疗若干次，吃药打针望好转。
哥弟姐妹尽孝心，难挽母命留久长。
梦中常有母教诲，勤劳善良守信强。
每逢佳节思母情，恩深似海永流芳。

注

① 2015年3月27日，时逢清明节前，也是母亲去世5周年之际，为怀念母亲的养育之恩，特作诗纪念。

② 积极参加祥云县的普淜水库、新兴苴水库的兴修，条件十分艰苦。

③ 端午节，手工做出的花索线，背到“乔禾米”三甸去买。

④ 酒曲是用米面加工发酵后用来做甜酒的引子。

⑤ 乡里人家逢年过节张贴在门上的甲马贴，以祈求神灵保佑平安顺利，事业兴旺。

⑥ 将米粉面加工成彩色米薄片晾干，用油煎熟，香脆可口。

# 献给伟大的母亲[①]

母亲
您为什么这样匆忙轻轻入云霄
您逝去多年九泉下含笑
宽阔胸海原谅孩儿不孝
未能把您渴望幸福做好

您的行影思想时常与我梦中聊
叮嘱孩儿
勤俭节约
说话和气
为人善行有礼貌

您驾鹤西天云游沧海广种福田
您勤俭身影高尚情操
在我脑海飘呀飘
紧紧萦绕

不管酷暑寒冬
不论岁月煎熬
您总是如恒星
在我眼前回还　脑海闪耀

您带大我们六姊妹
灵巧双手把我们牵牢
厚实胸怀倾注心血
呵护我们家人老小

您的养育之恩
我们尽力回报
满满感恩孝道
记住深深教诲
我们倾情做到

不管风吹浪打
铭记您的疼爱
不论潮起潮落
今生来世
儿孙们能把您高尚情操
记牢　记牢

注

① 2012年3月，慈祥母亲不幸去世，其身影精神常常在我梦中萦绕，给孩儿力量。殷殷母子情，深深关爱心。

# 祭叔父[①]

## （七首）

### 一

叔父生于四零年，家国穷困受熬煎。
年幼饥寒吃穿少，父母艰辛度日年。
从小读书学祖上，书香门弟多俊贤。
考入一中迈坚步，品学兼优文采彦。

### 二

祥云兴办高一班，首届毕业六一年。[②]
考起祖国大学校，祥云中榜十七人。

志愿考入昆工院，勤奋刻苦本科研。
大学五年当班长，成绩优异校领先。

## 三

祖父离世家清贫，读书时期求学艰。
祖母父叔节衣食，东借西凑上学钱。
苦登书山坎坷路，乐渡学海亲友牵。
历经千辛万苦事，苦中有乐志向远。

## 四

中国人民解放军，投资筹建新厂线。
组织安排乐前往，指导建设化工园。
个旧官山军工厂，生产硫酸黄磷等。[3]
工业发展靠硫酸，农业生产普钙先。

## 五

员工厂长党书记，步履坚实走在前。[4]
化工高级工程师，技精绩著德高贤。
经济效益逐年好，生产总值超亿元。
党务工作成效显，军区授予优秀匾。

## 六

成后昆明管理局，多次表彰领头雁。
忠心忘我创宏业，艰难危重抢在先。
军工生产多风险，自我保护难周全。
终身化工职业病，肝伤损器把身献。

### 七

抒写成就几十年，为国争光作奉献。
关爱他人无小事，建设家乡尽所能。
每逢佳节倍思亲，精神力量励后人。
今朝祭奠先辈灵，寄托哀思慰忠贤。

① 2015年3月27日，在清明节前夕，为怀念叔父寄托哀思而作。

② 1958年祥云县兴办首届高中，招考54人，1961年步行到下关参加全国统考，祥云考取17人。

③ 1969年被国家分配到个旧市官家山，新筹建一个军工厂。隶属中国人民解放军97777部队（由成都军区后勤部昆明管理局管理），主要生产工业之母硫酸，还生产黄磷和农用化肥等。

④ 奋斗多年后，军工厂效益逐年上升，到1996年，生产总值突破1亿元人民币。叔父由一名员工逐渐成长为高级工程师、副厂长、党委书记，荣立三等功，受到上级部门成都军区后勤部等多部门的表彰、奖励，并授予优秀党委书记光荣称号。不幸的是叔父终身从事化工职业，忘我工作，伤肝器损，患了肝癌，经10年医治无效，于2010年4月23日逝世。他的去世对国家、对人民和亲友都是一个重大损失！

## 三八妇女节①

中华妇女地位升，盛世行行出状元。
巾帼俊秀五洲涌，星光英杰四海生。
尊老爱幼有孝道，生儿育女无怨言。
相夫教子凝德厚，为国护家倾情深！

① 2019年3月8日，值此佳节，献给天下所有女人，祝福妇女们，节日快乐！

# 怀念泰山①

## （七首）

### 一

张氏府宅人才旺，忠心为民事业昌。
仁和三家朝阳里，慈爱百姓老少欢。
心正实干记性好，性直勤劳品端庄。
宽怀有爱山水笑，厚德载物名声扬。

### 二

社会发展超想象，组织群众治穷方。
会算民众心中账，计划经济求发展。
卅年艰辛不言苦，载入人心倍荣光。
勤为大家铺富路，酬愿身先作榜样。

### 三

分享共同所有粮，文明记账有清单。
毫毛都是公利益，厘归队中垒金山。
为民记好每笔账，公私分明热爱党。
所得积蓄人均分，有苦有乐心欢畅。

### 四

团聚社队谱新曲，结交亲友肯帮忙。
民约村规渐完善，众心向上文明昌。
关注民生大小事，爱护公益细商量。
亲戚族兄明大理，友重情深日月长。

**五**

精通算理讲公道，神明大众财源广。
力推一方显大气，量宽宏远乐担当。
情投时事与政治，暖意关注祖国强。
家富依靠党施爱，乡村老幼乐朝阳。

**六**

激情满怀乐盛世，励儿勤奋为民欢。
后代不忘父重托，昆耀苍洱彩云乡。
芝灵丹心起宏图，兰桂腾芳溢清香。
俊业蒸蒸蓬勃展，秀雅年年捷报传。

**七**

金秋时节人离世，音容笑貌永难忘。
情深悼念老会计，重托儿孙奋斗强。
爱洒三家一片情，心存厚德乐陶然。
永念泰山恩深重，存德高远启后昌。

注

① 2015年12月15日，为怀念岳父而作。尊敬的老丈人一生，有许许多多的优点值得我们去学习。我们深深怀念老人家，写成藏头诗“张忠仁慈，心性宽厚。社组会计，卅载情酬。分文毫厘，归公所有。团结民众，关爱亲友。精神力量，情暖家乡。激励后昆，芝兰俊秀。金音情重，爱心永存。”

# 怀念泰水①

## （三首）

### 一

周氏女性荣朝阳，秀雅干气邻里欢。
兰惠幽韵亲友乐，香飘清新春秋荡。
万般艰辛恳勤劳，古道热肠愿奔忙。
流水有情人间暖，芳草无意化泥香。

### 二

音声和悦有力量，容颜可亲喜满堂。
常恳缩食助亲友，在世呕心沥血干。
精心培育儿孙辈，神力持家子孙旺。
永享八十耄耋寿，传承文明千秋长。

### 三

领悟人间真情难，大山精神敢担当。
飞凤翱翔山水秀，燚德载物草木香。
淘尽风沙始得金，大爱花木吐芬芳。
韬心献给儿孙业，然意护佑后昆昌。

注

① 2015年11月24日，是岳母老人家离我们而去14年的祭日。在世时为我们操劳辛苦，支持其女儿张丽英工作，为我们这个家做出了贡献。因此，我们怀念她老人家。特写藏头诗：周秀兰香，万古流芳；音容常在，精神永传；领大飞燚（长女小名），淘大韬然（次女小名）。

# 附：清明扫墓悼亲人[①]

## （三首）

### 一

严父别家二十年，英容笑貌浮眼前。
昔日教女咏古诗，读书之余作对联。
教诲从小立大志，将来长大为人民。
至今回想当年景，眼泪湿巾难枕眠。

### 二

慈母一颗善良心，勤劳朴实数十年。
尊老爱幼受人敬，乐于助人好品行。
培育子孙担重任，励我工作走在前。
忆想母亲点滴爱，肝肠寸断难表情！

### 三

婆母敦勤性直爽，常年生意乐奔忙。
走村串寨做买卖，养家糊口度时光。
培育子女显大爱，厚待邹氏放馨香。
心血耗尽杳然去，茂兰精神永传扬。

注

① 张丽英。2016年4月2日，清明节期间，携全家人到米甸、刘厂老家为逝去的亲人扫墓。敬立在他(她)们长眠的墓前，往事历历在目。是他(她)养育了我，教会了我做人做事，我怀念他(她)们、感恩他(她)们，思念深深！愿与亲友们一起走进思亲的缅怀中。

# 父女情[①]

女儿是我的翅膀
即使我体力耗散
我的未来照样飞翔

父亲是我的肩膀
是我永远追求的港湾
不论飞得多高多远
多么疲倦
我要飞回父亲身旁

我是奇花的一棵老苗
不论遇到什么样的气候土壤
我要呵护嫩芽生长
这就是我的归宿
我的希望

父亲是我的乡土
是我成长的地方
不论我到天涯海角
波川父老永远在我心上

燚火熊熊炼就玉液金汤
我要雕琢 我要成长 我要流向远方
国大泱泱蕴毓俊秀芬芳
花开烂漫 花香四海 花咏久远故乡

① 2005年12月4日与长女张馨交流，张馨乳名叫飞燚。

# 芬　芳[1]

## （四首）

### 一

迟到回音喜心房，邹张育出好儿郎。
知书达理情意重，亲朋好友乐赞赏。

### 二

千金挑起兵营担，木兰从军卫国疆。
人生有价惟奉献，未来定显佳力强。

### 三

“半吨”从业昆邮行，从小高飞志四方。
做事不随流俗转，青出于蓝胜于蓝。

### 四

鹰飞神州振翅扬，豪气冲天业绩彰。
能说会道通古今，乐为彩云谱华章。

注

① 2007年9月10日，第23个教师节之际回复女儿信。长女在云南省昆明市邮政银行工作，次女服兵役在云南省军区司令部通讯总站。

# 宏图美[1]

馨展彩云千里香，舞尽春风满画廊。
金花盛开路桥涵，龙马风生渝滇川。
剑气腾升冲霄汉，锋芒闪耀震疆南。
银凤高翔瑞唐张，光华映天日月长！

注

① 2012年2月19日，长女在云南路桥股份公司组织人事部工作，女婿在云南晨光出版社工作，孙女在成长。我们长辈寄予莫大厚望。



# 附：谢亲人[1]

邹焉江京天府人，宏图焕彩盛世年。
国刃厚重巧锻玉，祥云深处隐真仙。

注

① 2012年2月19日，长女在重庆山城，嘉陵江边，除夕之夜，答诗藏头吟。祝福：财源滚滚来如滔滔之江水，事业步步升似叠叠之高山！

“江京府”：祥云刘厂邹氏始祖，原籍江苏省南京应天府句容县大坝柳树湾高坎子人氏。

# 支脉清[1]

喜贺济蓬认祖清，乐祝支脉流源明。
千秋龙腾宗亲永，万古虎跃邹氏兴。

注

① 2017年12月8日。

# 菊之魂[1]

秉性幽雅韵诗香，天生丽质无艳妆。
红黄白紫竞绽开，春夏秋冬赛芬芳。

注

① 2017年12月14日。

张松银杏千年寿　华夏龙人世代昌

# 鱼之愿[①]

河潭鱼跃龙门欢，误入笼中泪汪汪。
使出平生百计力，难逃魔窿命运惨。
剥皮挖心腌盐料，油锅煎炸煲成汤。
神游大海卷巨浪，魂挺众生护国安。

注

① 2017年11月3日，回白衣天使。



# 答友人·无题[①]

## （五首）

### 一

月落西山日升东，虎腾新春运福风。
不因岁月随汝意，只为瑞年盼君红。

### 二

人生道路本不同，世事离奇笑谈风。
忘恩负义由他去，艰辛困苦仍从容。

### 三

偶尔相聚话难穷，事业发展在恒功。
山高水远磨砺志，海阔天空展飞鸿。

**四**

梅花香自苦寒冬，丽日磨难升腾中。
友情相牵话短长，冰雪傲立一苍松。

**五**

时来运转万事丰，幸福安康百业隆。
心存美梦天天顺，虎啸大川路路通。

注

① 2010年2月14日。

# 感　悟[①]

花朵芬芳难忘温暖阳光。
白云飘荡梦想步入天堂。
蜜蜂歌唱四季绽放花香。
师魂流香满天星光灿烂。

注

① 2006年教师节。

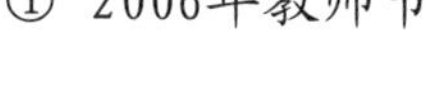

# 恳　望[1]

处事真诚干净利索。
勤奋向上塑造自我。
选准目标计划明确。
每天学习系统掌握。
模拟考卷用心去做。
反复对照找出虚弱。
熟记要点深耕细作。
攻坚克难方有美果。

注

① 2008年12月18日，与女儿交流。



# 理　发[1]

关爱亲友乐开花，购得电剪常带家。
良苦用心些小事，亲理家人四代发。

注

① 2014年，春节回家过年，给亲人理发。

# 人生如歌①

人生征程风雨多，光阴荏苒岁月梭。
克勤克俭磨砺志，为党为国享苦乐。
足迹印遍千山美，绩效良好万户歌。
数岗竞业成大爱，一片丹心献祖国。

① 2013年6月9日，在爱人退休座谈会上的感怀词。

# 看老爸①

金猴碌碌惦老爸，父老乡亲望眼花。
党恩泽润情一片，社保慰问暖万家。

① 2014年春节前回家看老爸，特将祥云县社保局给退休参保人员的一份礼品和慰问信送家父。

# 金丝猫[①]

红雷双猫东山买，祖孙四代笑颜开。
小虎腾空冲天起，老爸手背立挂彩。
金丝一只网麻袋，家人次日再关怀。
哪知天性不受困，咬破袋子闯天外！

注

① 2014年春节。



# 惦　念[①]

阴霾寒冷天变凉，珍重保暖加衣裳。
千金贵有馨香气，贤婿恢复瑞安康。
亲家聪慧美心意，公孙乐享好时光。
人生总有突发事，冷静面对定平安。

注

① 2014年9月24日，到昆明办事，气温下降、天气变冷，回爱人短信；女儿工作顺畅，贤婿左手好转，孙女张唐瑞腿烫伤已复康。

# 失　得①

## （二首）

### 一

体场练石飞草丛，望眼去向迷蒙中。
寻遍千绿万草处，心爱宝石影无踪。

### 二

春去夏来又秋冬，太极恒心练内功。
野火烧尽蔓枯草，惊喜竟在慧眼中。

注

① 2008年春末，到祥云体育运动场跑步，手中抛投一块宝石，不慎落入杂草丛中，千寻万找难见影，心中很难受。冬末到体育场练身，看到蔓草被野火烧尽，一片黑色，即刻寻找宝石，果不其然心爱宝石在惊喜中被找回来。

启示：人生得失是一对矛盾，有所得就有所失，有所失就有所得。事物变化发展有一个过程，他需要天时地利人和，也需要时间、空间和自然环境的变化，才能达到自己所需要的目的，但离不开自己的努力。

墨染莲香大观楼

# 住　院①

祥云中院针灸科，治病救人苦求索。
榕君技高方法妙，血位银针加电通。
打针吃药综治疗，拔罐敷药电按摩。
风湿椎骨增生病，针灸疗法显奇功。

注

① 2014年6月16日，颈椎疼痛住院。



# 无奈何①

## （二首）

### 一

人生岁月竟蹉跎，结缘数载苦奔波。
有家有室有事业，无缘无信无奈何。

### 二

新蕊花芳月月趣，田园青香年年乐。
风云突变连夜雨，枝叶折落碎心窝！

注

① 2014年10月20日。

# 悼老祖①

## （三首）

### 一

老祖外婆周玉芳，宁康园中享安康。
寿高品好众称颂，小区邻里齐赞赏。
儿孙孝顺调理好，每天细作精三餐。
生活起居有规律，春夏秋冬荡馨香。

### 二

五十岁后掉牙光，没装假牙心也欢。
半个世纪如一日，精心关照不怠慢。
四代同堂家和顺，三亲合族乐平安。
人生期颐近百岁，满堂孝心真榜样。

### 三

天有不测风雨扬，老祖安详归西方。
一生做事受人敬，亲朋好友悼念忙。
昆明西郊火化厂，亲友热心做周详。
沉痛追悼周老祖，慈爱娴良永留芳。

注

① 2014年9月25日早上8点半，赶到弟弟邹明芳家，悼念老祖外婆周玉芳因病辞世，享年96岁，25日出殡。明芳家住昆明北站宁康园。

# 方觉晚[①]

两老体弱卧病床，二女工作苦奔忙。
煨药敷伤共患难，朝夕相盼磨时光！
女儿双双有家室，各自年年实艰难。
许多世事需自把，人生过到方觉晚！

注

① 2014年10月5日。



# 浪花香[①]

## （二首）

### 一

忙忙碌碌万事连，奔奔波波无空闲。
若能找到清静处，诗棋茶友共乐天。

### 二

晚睡早起无俗怨，做饭杂务首当先。
关爱晚辈天天乐，时光浪花朵朵艳。

注

① 2016年4月2日。

# 新　居[1]

张军有为挑大梁，家红勤俭愿担当。
夫妻恩爱创基业，燕雀同心筑巢房。
亲朋好友相关照，隔壁邻居互帮忙。
完成张氏三代愿，华堂焕彩亲友欢。

注

① 2015年2月12日，贺侄子喜建新居。

# 巧　匠[1]

## （二首）

### 一

太阳高照喜气洋，表侄装潢新华堂。
唐师技精手艺巧，新居建成花园样！

### 二

师傅信誉讲质量，彩云乡村有样榜。
优质施工巧安排，高效装点美名扬！

注

① 2014年9月6日，举行新房装修仪式。因帮助表侄买得吉祥花园单元房西北角二楼，为较好位置，后来送得阳台20平米。

# 乔　迁①

## （三首）

### 一

人和地利好时光，兴光瑞雪喜迁房。
亲朋好友同祝贺，乡村邻里共相帮。
门迎东方金光道，财涌福门阮家仓。
紫阳高照天天顺，人杰地灵年年昌。

### 二

酒好味正千里香，陈年老窖销远方。
牛羊成群肥而壮，鸡鸭满厩唱得欢。
儿女聪颖有潜力，读书学习绩优良。
感恩党国政策好，勤劳致富有保障。

### 三

农村广阔新境场，阮营地灵星光灿。
奋发扩展产业链，打响品牌添新装。
创新发展有实力，齐心协力奔小康。
今朝恭贺华堂美，未来财富再翻番。

注

① 2015年8月3日，贺表侄女王瑞、表侄婿阮兴光迁新居。

## 归[1]

美丽侄女归祥云，梦圆亲友代代心。
成材卓雅经风雨，珍珠撒落有情因。
兴家玲声喜讯传，旺宅焕彩面貌新。
红娟精绣掌中宝，府祥安康年年春。

注

① 2015年7月，贺侄女卓玲归“美梦成真，兴旺红府”。

## 和长女•思月[1]

月儿弯弯默默行，星海点点恳恳心。
喜看今朝阳光道，难忘昨日水泥泞。

注

① 2015年10月23日。

## 赞瑞瑞[1]

瑞瑞练习进步大，天天写手好书法。
月月都把基础打，年年能将奖状拿。

注

① 2018年11月，赞孙女张唐瑞。一二句宏国出，三四句馨儿对。

## 附：思月[1]

月儿圆圆照我心，亲友融融叙乡情。
昔日艰辛春城路，今朝难忘铁骑印。

注

① 长女，2015年10月20日。

## 点点爱[1]

侄孙乖女邹一丹，体强灵活抓杠翻。
虽然只有两岁半，但显奇力不一般。
从小练就好身手，将来技高强一方。
幼苗长成参天树，师长辛劳倍荣光。
点滴呵护小幼苗，精心浇灌理应当。
危险练习须慎重，长辈关爱严把关。

注

① 2015年10月3日，侄孙女两岁半，身手不凡，为其成长而作。

# 福绵长[①]

家父磨难亲友牵，邹氏旺族情相连。
人生难免坎坷遇，险关过后福寿添。
兄弟姐妹好本性，侄儿男女孝心生。
阖家团结精护理，老父康复慰亲人。

注

① 老父于2015年11月15日好转出院。不料17-18日又发高烧返病。得知此情，我们弟兄姐妹，将老父送到大理附属医院呼吸科住院医治。到25日，医生建议出院，因病情有所好转，但身体仍虚弱，需要回家调理休养。住在大理红全家，经过精心护理，病情得到控制，身体逐渐恢复。2015年12月5日。



# 雨辰趣事[①]

孙女珑玥天真小，两岁七月常嘻闹。
聪明机敏恋祖辈，呀语背诗取名妙。

注

① 2015年7月5日，珑玥又名雨辰。有一天正吃饭，她突然间喊：妈妈——牛韬然，韬然是她妈的小名，真是有意思。

# 老爸住院[①]

## （二首）

**一**

家父突然胃病发，阖家老幼倍牵挂。
快速送往大医院，及时救治细检查。
六十医院条件好，数日诊治效果佳。
亲友关爱常看望，传统美德邻里夸。

**二**

常青树壮正风华，根深叶茂吐云霞。
高堂长寿添福厚，医生技高施妙法。
兄弟姐妹同合力，春夏秋冬共牵拉。
血脉点滴永延续，邹氏阖家享年华。



注

① 2015年11月4日，老父突发胃病呕血，5日住到大理六十医院抢救，7日我们家人与昆明婶婶等亲友前往医院看望，祝福寿星早日康复。

# 庆　生[1]

雨露阳光万物生，辰龙天佑灵秀人。
三冬冷暖点点爱，岁月歌谣句句真。
生在知书识理门，日渐聪颖放歌声。
快慰时光如流水，乐享天伦润心田。

注

① 2015年11月8日，是孙女雨辰生日，藏头诗。

# 知　音[1]

## （二首）

### 一

人生难遇好知音，岁月蹉跎尚舒心。
苍鹰飞凤同日生，蓬荜蜗居存真情。

### 二

爱人贵体欠安好，带病工作数春宵。
幸得亲友常关照，同尝酸甜乐陶陶。

注

① 2014年6月27日，是爱人与好友同生日。

# 小轻伤[1]

人生难防小灾殃，谁知哪时起祸端？
动态社会瞬间变，眨眼爷孙被撞翻。
紧护孙女幼苗好，无助老叟苦心伤。
头摔石板眼冒星，车撞腿足骨轻伤。
幸得人间有大爱，亲人好友急到场。
紧急报警送县院，快速检查头颅良。
吃药打针需休整，三五天后可上班。

注

① 2015年9月12日，爷孙被摩托车撞翻有感。



# 谢亲友[1]

昨日晴空雨打窗，老幼身经一险关。
亲朋关爱连问候，好友牵挂情意长。
吾今遇到不幸事，惊扰亲友愧难当。
风雨人生应笑对，平凡岁月当自强。

① 2015年10月13日 ，感谢亲友牵挂。

# 和弟·同天生[1]

皇天降赐一对娃，同日生在弟妹家。
曾见当年骑竹马，转眼今朝闯天涯。
艾青典雅织锦绣，李甜芬芳赛金花。
传媒从医张个性，青春正午显才华。

注

① 2015年9月16日，为两侄女祝福，藏名邹艾青、李甜。

## 附：同天生[1]

上天恩赐一对娃，同日降在兄妹家。
依稀记得玩泥巴，转眼已是大娃娃。
事业有专发展好，父母心中乐开花。
祝愿姊妹交好运，天天时时笑哈哈。

注

① 弟红全为邹艾青、李甜同生日祝福而作。

# 和[1]

为人活乐寿而康，处事合理心舒畅。
家庭和睦业兴旺，社会和谐国富强。

注

① 2007年8月。

# 妙 悟[①]

奇趣偏爱探索争先。收获乐于总结经验。
聪明书写自知恭谦。美德展现纯洁忠诚。
财富归属人类空间。成功预示自信坚韧。
幸福专为勤奋奉献。天道酬勤福临好人。

注

① 1996年10月，于祥城镇初级中学。

# 献酒擒王·中国象棋经典棋局解[①]

行棋诡异反常多，连送四杯美酒喝。
前面三杯该毒酒，明知毒酒被迫喝。
第四杯酒不敢饮，退至卒线鸩酒渴。
红车右移边关线，将军吃象奏凯歌。

注

①“献酒擒王”是中国象棋经典棋局解，红先胜。2019年2月18日与棋友切磋棋艺。

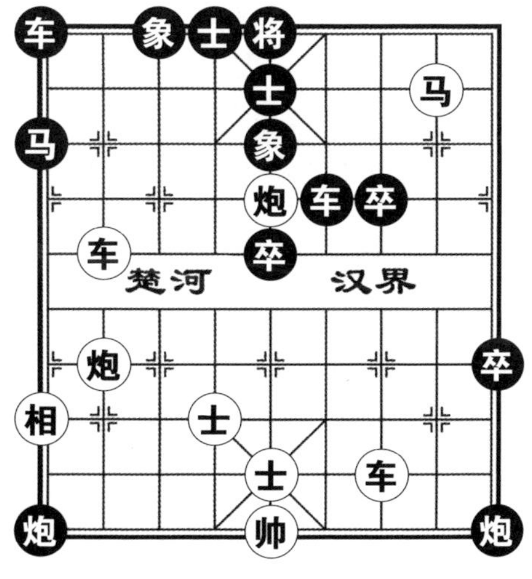

# 共命运①

鹂莺缘宿合欢树，寻觅高飞共歌声。
春夏秋冬年年衍，东南西北处处生。

注

① 2015年12月3日。

# 中年乐①

人至中年质朴勤，为事周到从容行。
珍馐美味穿肠过，觥筹好酒凝友情。
亲朋品茶抒胸臆，知己对弈道古今。
悠弄花草乐境趣，闲览诗书觅真君。

注

① 觥(gōng)，古代用牛角做的酒器。2011年5月11日。

# 盼光明[①]

## （二首）

### 一

瑟瑟秋风悲寒愁，中秋冷雨凉心头。
万马奔腾啸盛世，千帆竞发争上游。

### 二

富豪人家车美酒，平民百姓苦忧忧。
同在当空月光下，翘问天公几时有？

注

① 2009年中秋国庆节有感。



# 修　身[①]

岁月匆匆苦年华，爱生乐教业无涯。
亲友情投常相聚，同事意合共牵拉。
迷蒙困惑苦纠结，放眼碧空忘纷杂。
品行修身乐长久，陶冶情操悟做法。

注

① 2014年8月13日。

# 翠鸟声声①

## （二首）

### 一

人生哪有时时乐，东奔西忙苦苦波。
师生相念情意重，信息互通乐无穷。

### 二

喜看零六好收获，笑迎零七添丰果。
恳愿新柳年年绿，静听翠鸟声声歌。

注

① 2007年春节。



# 苦　旅①

时光漫长摸爬滚打，岁月流淌雪雨风沙。
满程风景险滩断崖，一路艰辛暗柳明花。
捡拾珍珠锦绣年华，酝酿芬芳馨香天涯。
人生犹如奔腾江水，歌声宛若激越浪花。

注

① 2014年4月22日。

# 清　醒[1]

## （二首）

### 一

家庭信息不露情，钱财交往该分明。
短信欺诈花样多，甜言骗术要警惕。
电信欠费需核实，刷卡取款防盗心。
公安法院来电紧，拨打号码应查清。

### 二

飞来大奖莫惊喜，天掉林妹不可信。
陌生号码不急理，大额汇款必慎行。
询问信息要仔细，使用银卡须保密。
一旦难分真和假，报警咨询辨实情。

注

① 2014年8月15日。

# 退休乐[1]

好友相欢满眼春，各有千秋技艺精。
一路风雨一路歌，数载光阴数载情。
绿水青山百年梦，念友愁乡万户兴。
喜看蓝天祥云舞，乐观沧海烟霞新。
祖国强盛四海畅，华夏繁荣五湖清。
古滇云南藏韵味，风土人情醉客心。
兄弟姐妹朝夕处，东西南北欢声盈。
乐海轻舟驶悠远，曲终弦断留清音。

注

① 2018年9月12日于彩云人家。

# 师　途[1]

教书育人实难对，起早贪黑感觉累。
一日三餐吃不好，千焦万虑心憔悴。
学生状告心难受，教师苦衷谁理会？
天天教研身心麻，月月检查苦笑对。
职称晋升条件硬，工资不高常捐费。
囊中羞涩忧心事，想家盼归实惭愧。
社会地位哪时有？教海期待暖风吹！

① 九十年代初学校教学状况不佳。现在全县上下，各级各类学校财政投入加大，软硬件设施不断完善，教学环境优美，教师地位提高，坝区山区还有艰苦地区补助，小学和幼儿教师还有机会晋升高级教师（副教授级别）职务，有的教师还享受到廉租房或公租房。2014年3月25日。

# 答婿•元宵[1]

老树苍黄经风雨，杆坚放绿有生机。
谁在枝头展歌喉？早春翠鸟织新衣！

① 2016年2月22日23点，答女婿。

## 附：元宵[①]

枯木枝头发新绿，梅花树下试春衣。
除岁爆竹声渐远，谁家燕子衔新泥？

注

① 2016年2月22日，女婿九翔。

## 品　味[①]

夏日出汗易发渴，炎天急饮忧患多。
爱喝冰凉吃冷饮，伤身刺骨放病魔。
心慌气短欲休克，身体虚弱找医科。
遵规守矩先去热，循序渐进慢解渴。

注

① 2014年06月17日，人生有时就像夏天喝冷饮，需要慢慢来。

# 善 待[①]

日出东海落西山，善待自己心坦然。
遇事不钻牛角尖，纠结理当心胸宽。
人生似棋着着新，日月如梭天天转。
顽强生命成壮曲，坚毅志气化乐章。

注

① 2014年7月28日，遇到纠心事，自我多安慰。

励志花苑书声朗

# 牵　挂[1]

## （二首）

**一**

牵挂
是一朵生命奇葩
牵挂
是一颗爱心萌发

有人牵挂
就会活得自信潇洒
没人牵挂
犹如死海无浪花

世上
美的情是爱情
真挚的情是友情升华

人世间什么都能说得清新
只有人与人之间的感情难以表达

亲情的乡愁
爱人的赞赏
自我的咏叹
相知的吟唱
就是一朵朵美丽的浪花

**二**

牵挂
是说不出的痛痛中有乐

是改不了的痴痴中有甜

牵挂真心对你的人
牵挂值得你牵挂的心
牵挂重情重义的你
牵挂曾经关爱而如今又难以报答的他（她）

人生如梦
在梦中相见
走进你芬芳心田
你的言行
已深深镌刻在我心中形影不变

轻轻叮咛
让我倍感真诚

短短寄语
是一份久久怀念

小小心意
是一片浓浓情深

轻轻关注
是一支甜甜歌声
牵挂的滋味
就是这样苦苦甜甜
牵挂的感觉
就是这样缠缠绵绵

牵挂的心声

就是这么无瑕纯真

牵挂的真谛
就是如此情投永恒
关爱需滴滴点点
怀念你月月年年

直到永远永远
……

注

① 2016年3月2日。

马帮客栈史悠悠

“古云南”马帮客栈始建于清朝，消失在中华人民共和国时期，在茶马古道上，它是至今保存最完整，最古老，规模最大的马帮客栈。往事如烟，马帮客栈成为往事，驻足此地，你能感受到马帮客栈当时的繁荣景象。

# 悼仇老①

## （二首）

一

祥云俊才仇鹏宇，忘年之交建情谊。
书画流丹多获奖，文采飞扬撰文精。
从戎保家卫国情，宣传广电留脚印。
亲朋好友红白事，用心周到众欢欣。
起房盖屋讲吉利，公鸡五德道清明。
卜卦看相风水师，西南城乡无人比。
写碑测帖细精道，山乡百姓记真情。
主编撰写部门志，多家单位特邀请。
任务沉重时间紧，废寝忘食愿艰辛。
质高量多突重点，稿厚酬薄无怨心。

二

幽默最爱成情趣，巧言三天乐津津。
山歌小调遇对手，帅哥靓妹展才情。
彩云飘飞留趣谈，民族欢声醉余音。
为人处事有原则，童叟无欺受人敬。
教子有方勤发奋，清华博士有凯斌。
凯彦楚师读硕士，后代成为国精英。
仇老功著彩云南，真诚情凝众友心。
良友匆忙归西去，鹏宇高天再腾云。
小弟惊知友驾鹤，斩断黄泉难挽君。
挚友精神永不死，留芳千古不老情。

注

① 惊悉仇鹏宇老先生于2016年4月13日13点辞世。为悼念忘年之交好友，特致词奠之。鹏宇先生爱“三天”：三天不吃辣，走路要做爬。三天不吃酒，走路扭三扭。三天不吃酸，走路打拌拌。2016年4月17日。

# 悼念姻叔张朝斗①

朝夕相处和睦生，斗存仁慈贵友真。
千秋岁首全家聚，古月星光一闪沉。
亲友悲歌德望重，情意连绵江水渊。
长天大海恩深远，春兰硕果芳满滇。



注

① 2018年2月17日，即戊戌年大年初二晚上九点半，我的姻亲叔父张朝斗突发脑干急病，经全力救护无效，于2月18日下午三点五十分不幸辞世，享年80岁。为追思其精神永存，特悼念：“朝斗千古，亲情长春。”

湖光山色清悠悠

# 春节米甸行[1]

初四恰逢雨水天，节令巧遇情连绵。
缅怀家齐魂入土，悼念亲友命归天。
涧美朝阳春风唤，表哥侄子聚家园。
钟美凤头添姿容，和谐村庄展笑颜。

① 2018年2月15日春节。初四恰遇雨水节，回朝阳地，与表哥侄子小团圆，悼念家齐大哥入黄土，看望洪家硕果累，观赏凤头新变化，感悟当年红军长征过朝阳的艰苦历程。

# 清明节祭[1]

## —逝者安息 生者奋发

清明时节雨风纷，濛泷混沌土黄天。
陵上故人眠封土，堂前后生悼亲人。
昨日还在欢声共，今朝乍不音容见？
烧钱化纸祈祖佑，寻根追宗愿脉延！

① 2018年4月5日，清明节祭，缅怀亲人。

# 答问候[①]

## （二首）

### 一

友因情深常惦记，人在红尘几度春？
时光磨难显真情，岁月蹉跎倍温心。

### 二

跋山涉水只为痴，经风历雨仍坚持。
热心攀登险峰路，苦旅通达总有时。

注

① 2014年5月1日。



# 无　题[①]

天韵星光耀苍穹，
佑启人文彰杰雄。
明玥映辉多才智，
泽龙腾飞满江红。

注

① 2018年4月18日，天佑明泽（邹元宝）、雨辰珑玥健康成长。

# 辛勤园丁[①]

红尘躁，雨风吹，花开花落谁在飞？
白雪恨，鬓霜催，云卷云舒为何悲！

注

① 2018年4月18日。

# 无　题[①]



社会变化太无常，同宗子孙应友善。
虽然法律定清明，但求宗亲守德范。

注

① 2018年5月29日。

# 难忘中秋[①]

十五月亮十六圆，海上明月依潮生。
成就天地凝情远，总有时光照无眠！

注

① 2018年9月25日，中秋节感怀。

# 邹府馨香[1]

明丽星星灵京滇，
芳华睿昱芝春城。
恒敏继治启祥云，
通达祖国瑞龙腾。

注

① 2018年5月27日《邹府馨香》送明芳家。主写明芳家，源起南京应天府，发籍云南祥云居春城；人才辈出，事业发展；血脉相连，前景辉煌；诗藏九人名字，承先启后，代代相传；丽与莉同音，这里借用；博雅蕴新是邹宏国的代称。竖读也成诗。



# 旺族基因代代传[1]

血脉流淌怎难忘？
基因遗传永模样！
邹刘董张扬帆远，
儒瀛圆丽龙凤翔。

① 2018年7月23日，与侄女艾青交流。诗藏大儒（刘厂邹氏始祖），光瀛（我的外祖父），静圆（我的祖母），丽才（张家之缘，人才辈出）之意。

# 我的童年节[①]

童年时代节何方？如今想起心忧伤！
国贫家穷破寺庙，槛高门低老祠堂。
鞋洞脚光书包无，室陋桌损光线暗。
缺食少穿爱学习，读书步行滚铁环。
渴望成才书声朗，梦想天真童心欢。

注

① 2018年6月1日，儿童节联想。

# 张唐瑞美[①]

张如百花富贵开，唐诗宋词装胸怀。
瑞云紫气映书海，美好人生展奇才。

注

① 2018年3月25日，步四川都江堰名诗人韵，赠孙女，祝福健康成长。

# 瑞馨香[1]

山而端专志高怀，馨香剑锋育良才。
张扬琴音听书画，唐风古韵流溢彩。

注

① 2018年6月24日，山而为耑，既读dūan，端之意，也读zhūan，专之意；王山而构成瑞，诗藏张唐瑞及馨香剑骨之意；赞扬孙女瑞瑞。因笔名山而，从小思维敏捷、读书用功，书法绘画有其父母之遗传基因和长辈的良好思想品德教育，将来必成大器。



# 翘望学子[1]

涵养渐丰透馨香，
昊天星光喜研钻。
博登书山展风采，
雅游学海探皇冠。

注

① 2018年8月，侄女涵昊有幸被大理州下关一中选送到澳大利亚米尔迪拉市学习交流，顺利归来。祝福涵昊健康成长，天天向上、学有所成。

# 檀木精品①

## （三首）

### 一

精品多样，满目宝藏。
小巧灵秀，生机盎然。

### 二

孔子化身文光射斗，
关公转世武气冲天。

### 三

提神醒脑消灾暑，祛斑杀虫润皮肤。
满心珍藏此宝贝，阖家安康添福禄。

注

① 邹氏大板名品多，神功精雕细琢磨。稀奇珍品家中藏，檀油芳香祛病魔。2016年5月28日。

金旦家家景象新

# 博　弈①

## （六首）

### 一

楚河汉界两相争，红黑布阵谋在先。
步履稳健占要道，行法刚柔攻弱点。
明修栈道诱敌入，暗渡陈仓趁虚歼。
机缘巧解死劫难，奇迹张显谋智谋。

### 二

马走斜日行八方，车开直线斗存亡。
炮打翻山重叠响，卒子过河把车当。
底线老兵挖山洞，车马冷着炮帮忙。
象飞田角作接应，士行斜线保帅将。

### 三

世事像棋诡谲藏，风云突变暗刀寒。
劫持有道规何在，格斗惊心水揉湍。
惟道捐躯无惧悔，舍身成义竭精殚。
中华国粹人民赞，世界新声响弈坛。

### 四

审时度势暗思量，攻其不备谋深算。
勿急勿躁行棋巧，斗智斗勇观全盘。
争权政客耍阴谋，夺利奸商做昧良。
公器失衡民怨起，博弈无规实荒唐！

**五**

高手下棋如泰山，大师心忠为主忙。
布阵抢先慢过河，攻守互应快回防。
起手无悔真君子，落子重走乱规章。
成败兵家古今事，化戈为帛山河壮。

**六**

风云突变因嘴馋，战火烧身势难挡。
三子归边有劫杀，四车见面拼对抗。
观棋不语悟搏弈，雀声鸦话装高强。
棋终人散谁赢者？气定神闲一旁观！

**注**

① 2015年3月16日。

孔明智慧天下传

# 勇向前[①]

## （二首）

### 一

锵锵孩童有才思，玩耍巧贴大名诗。
从小有志走向前，长大读书进京师。

### 二

祖孙四代喜开怀，经营传递有人才。
红全大板销省外，向前财源滚滚来。

注

① 侄孙邹向前，小名锵锵，2016年9月16日，在大板面上贴字画；10月7日公孙四代在接力传递圆卷形胶带享天伦之乐有感。

和谐社会风光美

# 雄鸡五德赞[1]

## 文 德

华冠高耸一杰雄，身强力壮建奇功。
青云直上步步高，鸿运当头年年隆。

## 武 德

脚张斗踞勇刚强，虎步生风敌胆寒。
气贯古今忘生死，血洒沙场震山川。

## 勇 德

见敌应战本性生，威武善斗利嘴坚。
爪锋翅硬敢拼搏，头破血流勇向前。

## 仁 德

雄鸡仁德天下知，玉衡慈善乐好施。
捕到猎物共分享，遇见佳肴同美食。

## 信 德

桃都仙山神木枝，雄伟天鸡立其思。
守信按点红日照，唱时报晓百姓知。

注

① 2014年9月10日。

# 致孙女[①]

张氏子孙四海春，唐风国粹千秋韵。
瑞腾滇渝起波川，美好时光镇学庭。

注

① 孙女张唐瑞，江东花园幼儿园国学班毕业。2016年7月22日。

# 树常青[①]

常青树茂绿满天，穿越时空嫩芽生。
气生根强长势旺，树满风光醉游人。

注

① 2015年8月8日，赞红全“常青树客栈”生意兴隆。

# 一丹欢[①]

一丹托福到龙江，小姨关爱笑颜欢。
从小东西南北游，长大春夏秋冬芳。

注

① 侄孙女邹一丹，有幸跟其小姨到龙陵游玩，幸福满满。2016年6月。

# 小　草[1]

渺小普通
生命力无穷
年复一年
喜迎春夏秋冬

美妙自然
天佑神拥
幻化真灵性
巧生一枝红

野火烧不尽
险峰仍从容
雨打日晒不低头
风狂沙暴劲不松

大地母亲
恩深情浓
赐润肥沃土壤
滋养生机勃勃

春暖大地花斗艳
夏蒸遍野枝伸茂
秋凉风卷阴霾袭
冬雪压顶志更红

磨炼意志常然事
忍受熬煎心向东

哪怕点点生命
无论山巅崖缝

年复一年顽强生长
过了春夏，笑迎秋冬

注

① 2016年9月27日。

## 退　休[1]

一

心智绘鸿图，七彩人生结硕果，
光荣退休，夕阳晚霞发余热；
足迹印山河，一片丹心成金曲，
幸福美满，博雅蕴新享天伦。

二

四十年克勤克俭，忘我工作，
太平盛世光荣退休；
半世纪为党为国，艰苦奋斗，
花好月圆乐享天伦。

三

夕阳晚霞温馨在，老当益壮天伦乐。

注

① 2013年6月9日，爱人退休。

# 致李贵①

**芳　草**

舒心吐蕊，生机无限。
活在当下，馨香久远。

**李花香**

人海荡舟过险滩，生存缥缈遇友帮。
李花开放涌心潮，桂树扬枝赛梅香。

**长　乐**

心刻石上长留此，笑对人生乐无穷。

**等　待**

良好心态，天赐机缘。
历尽折磨，定有甘甜。

**大　爱**

人生苦难受熬煎，亲友好人情相牵。
幸得人间有大爱，恳帮乐助润心田。

**注**

① 同学李培春之子李贵，在读研究生，曾两次患尿毒症。2009年12月第一次换肾；2015年底病复发肾衰需要换肾，我们的同学都多次积极为之捐款，挽救一颗善良和可贵的年轻生命。等待中的李贵，边与病魔作斗争、边创作石刻印章，精神状态良好。

## 附：谢关爱[1]

青春正午战病魔，钢铁意志苦拼搏。
亲友好人总关爱，人间真情倍增多。

注

① 李贵，2016年6月。

## 志　向[1]

龙游大海层层浪，鹰击长空重重山。

注

① 1989年元月，于祥城镇初级中学。

羌族宝塔镇山川

# 祝　寿[①]

敏达兴旺仁寿苍松千秋远
圆通茂兰才福双馨万代长
（兰桂腾芳）
寿山松山寿　福海水海福
（回文联）

注

① 2006年冬月二十六日，给双亲祝寿，百福百寿喜图，藏两代人的名字。

雪压青松何惧寒

# 刘厂村镇联[1]

**村　联**

海映塔影蕴王府
凤翔波水涌将军

**名镇联**

白国故都王侯第英豪崛起
将军摇篮文源府俊秀腾骧
（虎啸龙腾）

注

① 2015年春节回老家过年，看到刘厂名镇牌坊，联想起家乡许多历史故事，学撰联。



# 校庆联[1]

百年大计教育为本百载华诞百鸟腾飞青海鲲鹏滔天卷巨浪
万代鸿基科学发展万众同心万象更新彩云龙马腾跃铸辉煌

注

① 2012年7月8日，回信给任天寿好友，青海小学百年校庆联。

# 同开张[1]

**常青树客栈**

树青芳香四海朋　栈雅惠泽五洲宾

（香飘万里）

**古森源**

物美货足客满意　价廉合理众称心

（缅甸直销）

古色古香古森源　金城金花金声振

（续张大吉）

注

① 2015年5月1日，祝贺弟弟红全古森源及常青树客栈开张大吉。

# 朝阳地村门联[1]

三龙腾雾吐甘泉田园独美世代清溪润沃土

双凤朝阳展鸿志人才辈出古今贤俊写春秋

注

① 2016年8月，为朝阳地村门建成特拟联，后经多方修改而成。

# 刘厂邹氏宗祠联[1]

邹氏礼前贤　文采焕波川　宗风丕振
祠堂承先绪　紫气腾刘厂　美德弘扬
（绳其祖武）

世祠存福海　蛟腾凌霄青云步
德门有宝塔　笔锋倒写雄文章
（云蒸霞蔚）

① 2016年10月4日，刘厂邹氏宗祠修缮竣工庆典祭祖仪式联。



# 祥云地名联[1]

练渡老马驮金旦下庄大仓小仓
板桥沙龙起祥云上川新邑旧邑

注

① 上联：练渡老马是刘厂镇的两个自然村名，金旦大仓小仓是下庄镇的三个自然村名；下联：上川指祥城坝，新邑是祥城镇的一个村名，旧邑是禾甸镇的一个村名。整联包涵一县一坝子五镇十个村的名字。下庄有“卸装”谐音，上川有“上穿”的谐音，新邑旧邑有“新衣旧衣”的谐音。2016年4月18日。

# 附：

# 浪花飞溅涌心潮　时光璀璨展人生

## ——读邹宏国先生《时光浪花》

光阴荏苒，岁月如梭。人生岁月风雨当歌。我们都是宇宙中的渺小元素。我们犹如大海中的点点水珠，任其激荡顺应而生，而在涌流中，感受着自身的责任和作用，没有一朵朵浪花的汇成，大海也会干涸。拜读邹宏国先生的佳作，字里行间饱含着这种情愫。她们正如书题一样，是来自生活的朵朵浪花。

人的一生是平淡无奇的，都是由一些平凡琐事编织成的往事记忆，难有华彩和乐章。但在《时光浪花》中我们从不同的角度又感受到生活的实在、美妙和新奇。将人们带到无穷的时空中、带给人们无限的遐想和欢愉。她“丽质无华崇璞德”随时、随性、随遇、随缘和随喜如万物自然生长，花开浪漫，诗意盎然！

作者是个热爱生活的人。“对对红联，书写春天喜气生；声声爆竹，述说盛世安康年”，是对多彩生活的满足，是久经风雨的体验，是对美好世界的祝福；“春风吹拂随时光成长，夏雨滋润含苞怒放鲜花”，是对时令更迭的感怀。在对自然的赞美之中，传达的是内心的纯洁恬静

与感恩。真乃“不知万物恩情，怎耕万福心田”？我们来到这个缤纷世界里，有山山水水、有万千精灵陪伴我们，我们是不孤独的；上天赐给我们万物，我们是幸运的使者。感恩，方能获得取之不尽用之不竭的幸福源泉！我们悲伤吗？万物的成长都必经历风霜雨雪雷电冰雹的万千折磨，哪有不悲伤？而在《时光浪花》中，虽有忧伤之苦，但苦中有乐，其乐无穷！满满感受到的是快乐和愉悦。“晨笛唢呐声声响，音乐歌舞曲曲悠”“花灯弹唱舒胸怀”……，没有对生活的热爱，那有着满满的幸福。正如《雨衣哥》“雷锋精神得点赞，身边楷模应高歌。人间善事无大小，城市好人倍增多。”这不只是个雨衣哥，而是一种对生活的豁达与从容，是对和谐社会的张扬和呼唤。真心诠释了“热爱生活——终将她会给你舒心畅意的快乐”。

作者是一个充满大爱的人。爱生活、爱亲友、爱国爱党、爱世界。尤其对生活充满了爱的热度让人赞赏！对模范，有满腔的崇敬之情。“廿年担任村领雁”“古稀之时仍在任”是敬佩；“王氏三杰，彩云骄阳。血溅长天，千秋敬仰。”是一种高山仰止般的虔诚；“共产党人先锋士，立志高远忠诚党。神州激荡英雄气，英豪献身求解放。伟烈丰功万古留，豪杰碧血千秋扬。”是一种将英烈凛然正气，舍小家为大家的形象跃然纸上感人至深。接着把思想进一步拔高：“继承先烈革命志，忠诚干净勇担当。”赋予了人们那种救国救民于水火的革命精神以时代新气息，感染后人以当今浪涛奔涌、锐意革新的时代使命！“人生有幸庆年华，严父安康耄耋加……关爱孝道家国事，和谐社会锦绣天。”这是对亲情的孝行和爱戴。把

优秀思想和传统文明置根于心灵深处，将“关爱孝道”提高到家事国事的高度，是中国千百年来无数代人反复耕耘一脉相承的族群文化的光彩展现，是中国文人继承和发扬民族文化的进一步体现。从家事到国事，从小家到大家，“位卑未敢忘忧国”；“一场秋雨，浇醒国人。欲固鱼岛，须众志成城同心”很是震撼人心！在感受幸福的同时，也不忘忧国心！把爱小我，爱家人之情延伸到整个社会，这就是一种大爱之情。当然，诗歌表情的载体是其恰当的语言，《时光浪花》不乏这样的范本。“犁犁勤劳泥土香”“生活简单吃碗面”“每件实事润心田”“天寒气霾雁声清”“抓铁有痕重勤政，踏石留印绘民声”等不胜枚举。生动的诗句，表达了作者内心真诚的感情流淌。

读《时光浪花》就是一次洗礼。作品中显示的滴滴爱意不是无病呻吟，更不是巧言令色。她们都是作者历经人生百味后，宠辱不惊，淡定人生的情感再现。

（杨金林：祥云一中初中部教科主任）

二零一六年四月十日

# 致崇敬的大伯

大伯您好！

首先祝贺您的诗集即将面世，作为晚辈，我很荣幸参与到您的《时光浪花》中，在拜读您的诗句时，一次次被深深地感动着。每一字一词，都带着我回到时光岁月里，也让我想起很多逝去的有意义的记忆。因为您爱祖国、爱家乡、爱亲友，爱生活的点点滴滴，而这些爱都被您累积成了一首首诗，也是您生活中盛开的一朵朵花。

我第一次读您《时光浪花》时，被勾起泪花是您写的《念母亲》，您用简单的七首诗，描写了奶奶辛劳伟大的一生：“含辛茹苦育子女，饥寒交迫也无妨。淘大孩儿六子女，无私奉献累也甘。”奶奶在世时，我们孙辈是所不能明白和通透的。由于奶奶一生经常在外奔波，很少有空带我们，所以我们的感情较疏离。到了奶奶走后，我们渐渐长大成熟才懂得奶奶一生的艰辛和不容易。“养猪喂鸡天天乐，织布纺线年年欢。生产队上干农活，盘田种地忙插秧。”“端午花线连三旬，四季酒曲送波川。蔬菜瓜果家家种，祭祖灵包户户访。甲马福帖年年做，彩色米干天天擀，千辛万苦学手艺，早出晚归串村庄。”这些都是我们印象极深的奶奶经常忙碌的事。当您将它写成诗让我们拜读时，仿佛又看到了奶奶奔波而伟大的身影。

在《方觉晚》中，有您的无奈与感慨，同时在这首诗里也教育我们作为子女应该多抽些时间陪伴父母，因为这才是最真情的爱。在《金丝猫》中让我读后开心惬意。当时我也在场，而这些生活小事，容易被淡忘，在您的诗里，活生生的场景又在眼前展现。您用心写成诗，将往事永远定格在诗句中，成为一段宝贵的生活体验和记忆。“红雷双猫东山买，祖孙四代笑颜开。‘金虎’一只冲天起，老爸当即手伤开。‘金丝’一只留麻袋，家人次日再关怀。哪知天性不受困，咬破袋子闯天外！”何止是猫啊，人生不也是如此吗？情景交

融，意义深远，让人难忘。还有您写的“良苦用心乐开花，购得电剪带回家。关爱亲友快乐事，亲理家人四代发。”那个场景我还清晰记得。您看望亲人，有心买来推剪带回家，给我爷爷、爸爸、哥哥、还有我侄儿锵锵他们理发，虽然技术不是很专业，每个人的发型还较好。爸爸感动说“这是一件很珍贵的事，这样的时光过了就不再有！这样的情感，在我们这个大家庭里源远流长……”

您是我们这个大家庭里跟爷爷一样威望很高的人，从小对我们很严肃，也很活泼有趣，我们很敬重您。老家里的大小事，一般都是要由您和大妈带头主持着做；您很热心细致，爱帮亲朋好友；大伯您们的兄弟姐妹多，侄儿男女也很多，虽然您们工作忙碌，也有自己的小家之事，但是大家庭里一遇到难事，我们总是第一时间想起您和大妈，而每次您们都是热心帮助，哪怕是生活的一些细小，也对我们知寒问暖。记得我初三那年，我到祥城中学补习数学住在您家，每天早上您都给我准备好早餐，中餐后到书房看书，还给我端来热水和水果，我当时很感动。我觉得来您家补习已经很麻烦了，可是您还对我这么好。“热心助人堆积满他人情长。宠辱不惊看家园花开花落。”大伯您真是这样的人。

您与我的父亲一样都是不容易的一代人，生在一个贫穷的年代，从小就吃不饱穿不暖。如果您不靠着自身的勤奋努力是拼不出一个好未来的。比起我们晚辈，您所受过的苦难太多了。您是富于感恩思想豁达的人，在您的诗里，没有太多的讲到那个贫苦年代的往事，而更多的是对生活点滴的感悟和赞美、对亲友同事的祝福和期望、对社会进步的关爱和维护、对祖国发展的支持和歌唱。

大伯感谢您。让我看到了很多时光往事，让我深受启发。感谢您，在我的成长中有您这样的长辈而自豪，受到您的影响教化关心帮助而骄傲。感恩因为有您，让我们兄弟姐妹的成长如此的好！

致礼，祝福！

（侄女：邹艾青）

二零一六年三月二十五日

# 后记



时日流光寄晚愁，浪花激越咏春秋。
高山秀水藏情意，鸿雁飞歌蕴自由。

利用业余时光，历经多年汇集整理、反复筛选提炼，融为300多首《时光浪花》。勤于思考，笔耕不辍，是爱好所在。“时空乡愁，光阴韵叹，浪涌情丝，花吟芬芳。”藉以追寻人生过往。

作品集薄成书对文学写作的积极探索，是我人生旅途中的理想和追求。作品与名家高人之作相比，差距甚远，不成诗文，表述初浅，但不乏真情。素材来自生活中的体验积累，展现了我对人生经历的积极思考和感悟，蕴涵奇妙故事。因时空不同、情境不同、角度不同，可能让读者匪夷所思、迷蒙不解。但世间万事离奇多变、不可思议，难以用言语表达，只有让读者慢慢咀嚼。

吾不是诗人，而是出于赞美生活，热爱家乡、热爱祖国的山山水水；关注国家发展、世界和平；关切亲友同事的健康发展；抨击丑恶现象，表达正义的思想情感。但因所学数学专业，与文学史论和诗词歌赋要求距离较远，仅靠对文学知识的爱好创作，所写内容难达诗文格律韵味。只因情牵梦绕，思想火花迸发，尽力表达为要。作品中的史实曾仔细查阅过所涉及到的地方志、部门志、年鉴、专著和相关资料的记载，也借鉴过一些名人大家史料。由于水平有限，纰漏、不足在所难免，恳请方家、文友不吝赐

教和指正。

《时光浪花》编审时，得到了《京港澳台世界头条总编》尹玉峰教授赐教并作新书题；得到云南省大理州人大常委会原副主任张如旺先生的精心指导，并作藏头诗勉励；云南省大理州委党校原常务副校长、党委书记、行政管理学副教授李宣先生劳神关爱并作序言；四川华星钰泉股份董事长、博士生导师、宗亲邹远新先生给予良好建议并作诗鼓励；祥云县离休干部、县党史办原主任邹敏先生，祥云县教育局原局长吴丽芸女士，祥云县文联原主席杨灵芝女士，祥云县文联主席李雪女士，祥云县县志办主任李毓东先生，祥云县当代文史论作家杨建军先生，祥云县退休高级教师任天寿先生，祥云县女诗人杨丽芳女士，祥云县政协正县级调员张丽英女士，祥云县知名企业家杨学洪先生、何宗慰先生、彭翔宇先生等给予了很好的关爱和建议；祥云一中初中部教科主任、高级教师杨金林先生作深邃清新点评；同事姬丽云女士、大理州规划局总规划师邹红洋先生、泉州华侨大学中文系研究生毕业的邹艾青女士及亲友们给予了支持和帮助；特别得到九翔先生对《时光浪花》的封面、内文精心设计和制作；部分照片得到好友王自林、徐翔、刘华元摄影家提供；尤其得到中国文联出版社的多次审定出版和大理市左道文化传播服务中心的编审的大力支持。在此，特向对《时光浪花》直接间接关心关注、支持帮助的各位领导、前辈、同仁、族亲及好友们表示诚挚的谢意！

作　者

二零一九年七月